文治
wenzhi books

更好的阅读

洞窟おじさん

告别人类 去独居

日本传奇流浪汉43年荒野游荡记

［日］加村一马 ——— 著

火花 ——— 译

中国友谊出版公司

目 录

序章　　　　　_001

第一章　虐待　_007

第二章　离家　_019

第三章　洞窟生活　_031

第四章　老夫妇　_053

第五章　卖山菜　_065

第六章　自杀未遂　_081

第七章　捕鱼　_099

第八章　初体验　_113

第九章　钓鱼高手　_129

第十章　扫墓　_151

第十一章　重返社会　_175

第十二章　蓝莓田　_193

第十三章　梦　_209

第十四章　约定　_227

第十五章　不再孤身一人　_245

序章

那时，我的脑子里满是一个念头——无论如何都要尽早逃出父亲、母亲、兄弟姐妹们所在的那个家，逃得越远越好。还没思考该去投奔谁、该逃往何处，我便先迈开了脚步。从位于群马县大间间町的老家出发，前往日本国营铁道足尾线的终点足尾铜山。

我在校服外披上一件夹克，斜挎着书包，沿着铁路前进。爱犬小白还留在家中，它是我唯一的朋友。尽管是做好了心理准备后才离家出走的，但实话实说，孤身一人的寂寞真的很难熬。

不过，离开家的第二天，小白竟从后面追了上来。我已经不再是孤身一人了。借着这件事的鼓舞，我一口气走到了足尾铜山。恐怕得有四天左右没睡过觉吧，我的脑袋里像有一团糨糊，腿也僵得像两根棍子似的。

"小白，是这里，就是这里！终于到了啊！"

此前一直步履艰难地蹒跚着，见到大山的瞬间，双腿竟不由自主地甩开步子奔跑了起来。终于到了，终于不用再回家了！

小白好像也明白了那里将成为我们的住处。明明直到刚才都还伸着舌头痛苦地喘着气，现在已经摇着尾巴跟在了我的身后。

不见人影，寂静得让人害怕。这里有很多洞窟，都是以前开采铜矿时留下的矿山遗迹，到处都坑坑洼洼的开着洞，但其中没有适合落脚的。住在铜山入口处附近的洞窟里会被人发现，如果被带回家里的话可就麻烦大了。这可不是以往经受过的那些棍棒责罚就能了结的事，很可能会被老爹老娘狠狠地折磨一顿，我再也不想被那样对待了。在下大雨、下大雪的日子里被绳子一圈一圈地绑在墓碑上，置之不理一整晚这种事，我真的受够了。必须得进到更深的山里，得爬得更高……绝对不能被任何人找到！

我把带出来的铲子当作登山杖，登上平缓的斜坡，爬到岩壁处时，便以匍匐的姿势继续向上攀登。岩壁难以立足，一脚下去便会有小石子滚落。小白跑前跑后，守护在我身旁。

"小白，不要紧吧？加油，加油！就差一点点了！"

离家已近一周，这期间我基本上没睡过觉，一直在走。对于13岁的我而言，体力早已消耗殆尽，完全是凭着一股子拼劲儿攀上了岩壁。之所以不停地朝小白喊话，可能也是想借此来给自己鼓劲吧。

回头望去，村落已被我远远地甩在了下方。虽然正值傍晚，天色变得有些昏暗，但是环顾周边，连一条农道都看不见。就是这里了，到这里就安心了！

"小白！就这里吧。"

入口大概有3米宽。我和小白战战兢兢地走进了一个洞窟，往里走了5米左右。洞窟似乎一直延伸到相当幽深的地方，可我没有继续往前进入黑暗之中的勇气。

"这里挺好。"

我对小白说，小白摇摇尾巴回应。我便原地坐下，小白跳上我的膝盖，撒起了娇。

我就这么抱着小白，不知不觉间，陷入了深深的睡眠。

加村一马先生于昭和二十一年（1946年）8月31日出生在群马县的大间间町。兄弟姐妹共8人，他是家里的第四个男孩。他难以忍受双亲接连不断的虐待，在13岁时离家出走。与之后追赶而来的爱犬小白一起，选择了在足尾铜山中通过捕猎野兽、采摘山菜果腹求生的生活。之后的43年间，他辗转枥木、新潟、福岛、群马、山梨等地，住在人迹罕至的山间洞窟或是河畔，有时也在城镇中流浪，尽量避免与他人有所牵连，艰苦度日。这是因为儿时遭受的虐待与欺凌体验已经成为他的精神创伤。尽管日后也受到了他人的温柔对待，但他终究还是没法融入人类社会，只得仓皇逃窜。

　　但是，在经历了长达43年的荒野生活后，他跨越了现代社会的矛盾，冲破了与他人的隔阂，如今的他，正被很多张笑脸所围绕。

　　本书讲述的，正是这个孑然一身的男人的失落与再生的故事。

洞窟叔叔 43 年的生活区域。

第一章　虐待

老爹的铁拳

"我不会再犯了,对不起!爸爸,好疼啊!妈妈,对不起,对不起!"

"说多少遍了还不长记性!有完没完了!"

每次偷吃的事露馅,都免不了被老爹用拳头胖揍、用木棒戳脊梁、没完没了地打屁股。可不只打到瘀青那么简单,而是浑身冒血。我还曾被老爹用木棒狠狠地抽打过,那时的伤疤至今还留在背上。但也许我家老爹并没有比别人家的父亲恶劣到哪里去。那个年代,每家的家长都会对自家做了坏事的孩子实施体罚。对孩子拳打脚踢、向孩子扔东西的父亲比比皆是。

只有一点是我怎么都没法接受的：在我的兄弟姐妹之中，会遭受如此待遇的只有我一个人。说是"做了坏事"，但我做的坏事基本上也只是偷吃而已。我从来没有偷过东西，也没欺负过比我小的弟弟。老爹老娘有8个孩子，光伙食费就是一笔很大的开销，但是家里穷，买不起什么像样的食物。所以我总是饿着肚子，也只好瞒着老爹老娘偷吃厨房里的东西。

而且，我偷吃的也不是什么不得了的美味佳肴。第一次惹老爹暴怒，是因为我偷吃了他的蝮蛇肉干。那是老爹的心头好。

老爹本就是个粗暴易怒的人。他突然发难，掐着我的后颈将我拖出屋外，把我的两只脚拢在一起，用绳子捆紧，就那么把我倒吊在树枝上。

一次偷吃被撞到，要挨上两三天的揍。即便如此，却还是没法战胜饥饿。第二次偷吃露馅的时候，老爹涨红了脸。他掐住我的脖子，一路把我拽到屋后的墓地。我被老爹按在一块大大的墓碑上，老娘则用绳子把我紧紧地绑在上面，绑了一圈又一圈。在他俩的"混合双打"之下，我不知遭了多少罪。

那时的我已是个小学高年级的学生,对于体罚基本上已经习以为常。但深夜的墓地实在是太吓人了,我招架不住。明明有那么多兄弟姐妹,明明有个家可以回,但我其实是孤身一人啊——这样的想法逐渐膨胀开来。

我曾在下雪的冬日被绑在墓碑上,绑了一整夜,到了早上,头顶都积满了雪。雪下得特别大的时候,也会有哥哥姐姐偷偷拿来洋伞,为我撑开。不过绝大多数时候都是我一个人被绑得结结实实的,全身湿透,独自熬过黑夜。无论怎么哭叫都不会有人来。背上挨打的伤口还在火辣辣地疼,贴在冰冷的墓碑上,不一会儿整个人都冻僵了,仿佛知觉已被麻痹。一直孤零零的,就这么被绑着,直到早上老爹或是老娘一边说着"别再犯了哦",一边解开绳子为止。

孤身一人

我记得,在小学三年级之前,大家都还很疼爱我。哥哥姐姐们对我很好,我每天都热切盼望着哥哥们放学回家。就连老爹老娘也时常流露出温情。

那时我经常和老爹一起去后山。不是去玩,而是为了筹措食物。在老爹把树砍倒劈成柴火的时候，我便去采摘山菜和蘑菇，把用竹子和藤蔓编成的筐塞得满满当当以后带回家去，用于弥补食物的短缺。没有人教过我该怎么做，我只是一直看着老爹的做法，照葫芦画瓢而已。独角仙幼虫和蛇的吃法也是学着老爹的吃法才掌握的。我们曾抓过蛇，晒干后烤着吃，真的很好吃。但是老爹抓住蝮蛇后会当场啜饮其鲜血，唯独这点让我觉得十分恶心，接受不了。老爹的嘴巴周围都被蝮蛇的血染得鲜红，那张脸时至今日仍是铭刻在我记忆中的一幅非常恐怖的画面。

一年到头都有番薯藤可摘。番薯藤很硬，直接吃的话会难以下咽，得煮软了才能吃。它没什么味道，所以吃的时候要蘸点酱油。到了春天，可以把蒲公英连根拔起，入水焯一下后就着调味料吃。除了毒蘑菇，什么东西都能拿来吃。不，应该说是为了活下去，不得不什么都吃。

当时，老爹做着类似便利屋的营生，帮别人干农活、修剪树木、修缮茅草屋顶……老娘也外出工作——在附近的一家纺织厂，好像是个负责用织布机纺纱的女工。可就算这样，也还是喂不饱我们一大家子人。

我穿的衣服，无论是便服还是校服，全都是哥哥们穿过后给我的。轮到我的时候已经是三个哥哥穿剩下的了，每件

_011

都破破烂烂的，就连鞋子都磨损得很厉害。一周只能洗上一回澡。大锅似的澡盆放在屋外，在底下添柴起火把水烧热，也就是所谓的"五右卫门式澡盆"。

虽说那是战后不久的年代，但基本上也没有哪户人家能穷到我家那个地步，我在小学里总是被骂"好臭"或者"脏死了"，成为被欺负的对象。可我并不屈服。我不甘于被捉弄，经常拿着短棍冲上去大打出手。对手往往都是5到6个人，平时吃不到好东西、身体十分瘦弱的我毫无胜算，总是被打得鲜血淋漓。

尽管如此，直到上三年级之前，我依然有几个关系不错的玩伴。然而，小孩子是残酷的。我被大家欺负，被大家捉弄，总是在和别人打架，渐渐地，他们也不再和我一起玩了。一定是因为被家长说了"别和那小孩来往了"之类的话吧。

不知从何时开始，我真的成了孤身一人，哪里都不是我的归宿。教室里有书桌和椅子，可是那里不接纳我；家里的餐桌上有饭碗和筷子，可是那里没有我的一席之地。那时的我甚至从未因感到寂寞而想哭，只是不停地说着"没办法啊"，接受这一切。

我开始频频逃学。经常在上学途经的河边一个人玩上一整天。附近的山也是我绝佳的游乐场。到了夏天，我会进山去捉独角仙的幼虫，或者四处寻找蜂巢，好抓蜂蛹吃。在山中尽情奔跑，能让我忘掉所有的不愉快。回过神来，周围已是一片漆黑，我便顺着昏暗的山路，一溜烟跑回家中。

山里、河里，满满的都是食物。山里有五叶木通、山柿子、栗子，河里有鱼，总是能把我的肚子填得饱饱的。在那里不会被欺负，也不会被排挤，山与河都是我的朋友。

我每次进山都一定会采集到足够煮一顿晚饭的食物，带回去交给老娘。只有带回食物的时候，老娘才会露出温柔的表情。我记得最清楚的是带栗子回去时的场景。当把栗子交给老娘，她的脸上写满了喜悦，欣然接了过去。在成熟的季节，我每天都会给老娘捡回堆积如山的栗子。但那究竟是因为想看到她的笑脸，还是因为想尽可能少挨她的骂呢，如今我已经想不起来了。

麦饭

大米价格很贵，我家买不起，只能以小麦、谷子、稗子为主食。粗粮饭里大米少得可怜，为了能更耐饿，还会把番薯放进去一起煮。可就连这种饭，我都没法放开了吃。只能吃一碗，不许再盛。

小时候，我从来没吃过只有白米的米饭。好想吃白米饭吃到饱啊，哪怕只有一次也好。那时的我一直如此期盼着。

上学的时候，我会带便当。说是便当，其实不过是两个用报纸包着的麦饭团。里面没有梅干、没有萝卜干，什么菜都没有。我家穷归穷，但其他兄弟的饭团里明明都有小菜的，只有我的便当里什么都没有。

打开报纸，麦饭团就直接松松垮垮地散开了。这一幕要是被同学看到，我会很害臊，所以我吃的时候，总是用课本挡着。

为什么只有我是这样呢？为什么会变成现在这样呢？我问不出口。我隐约觉得，这是绝对不能问的问题。如果问出来的话，一定又会被老爹用木棒打。

自离家以来，我一次也没有联系过家人，而且父母都已去世了。为什么兄弟姐妹8个人里只有我会被用木棒打，只有我被绑在墓碑上，只有我得不到像样的食物，这些问题的答案已经无从知晓。我仍然有想要追根究底的心情，但事到如今，其实也无所谓了。

每天早上，我都要步行上学，小学离家大约有15分钟的路程。兄弟姐妹们都在同一所小学上学。但是他们嫌我脏，觉得和我一起走丢人，不愿意和我一同上学。所以我只能一个人走在离他们远远的地方。

被兄弟姐妹们疏远，就算到了学校，学习也很无聊，而且又没有朋友，净是被别人捉弄。家人没意思，学校里也没意思，于是我便下到上学路上经过的河边，独自玩到傍晚。

我卷起裤腿，走到浅滩。挽起衬衫的袖子，把手伸进水中的石头之间捉雅罗鱼，捉到就烤了吃。在家里是吃不到鱼的。在这儿能独享一整条鱼，真是幸福的时光。雅罗鱼真的很好吃。可是无论白天在附近的山里、河里把肚子塞得多满，到了傍晚也还是会饿。然而晚餐还是那惯例的一碗麦饭。不由自主地，我把手伸向了兄弟们的小菜，开始偷吃。一旦被逮到，等着我的又是一顿体罚。这一幕一周大概要发生两次，每周循环上演同样的戏码。

中学离家只有大约5分钟的路程。入学仪式那天，我依然穿着哥哥们穿剩下的衣服，斜挎着脏脏的书包，踩着哥哥们穿剩下的、肥大不合脚的鞋子。一如既往地，我因为饥饿而偷吃家里的食物，老爹老娘发现后就把我绑在墓碑上，让我一个人待到天亮。

"我要离开这样的家！已经不想再见到爸爸妈妈的脸了！"

那是夏末的一天。早上，老爹老娘一如往日出门上班，兄弟们也都去了学校，家里空无一人。当时应该是10点左右。厨房里放着一个用竹子和藤条编成的筐，我朝筐里看了看，里面满是将番薯晒干制成的番薯干。我把筐子里的东西全都装进了书包，又塞进去四瓶酱油、一纸袋盐、一把柴刀、一把匕首似的小刀、磨刀石，还有一大盒500根装的火柴。接着，我拿起一把大铲子，在白衬衫外面套上校服，又披上一件夹克，走出了家门。

就在那时，二哥几年前领回来的小狗小白向我投来悲伤的眼神，哀哀地叫了起来。我想带它一起走，因为对得不到任何人正眼相待的我来说，小白是我唯一的朋友。有小白在身边，我也能定定心。可是，二哥对我一直很好，我不能就这么把小白带走。

"小白，你要保重啊。"

我耗尽了全部心力，才终于对它说出了这句话。至此，我去意已决，肯定再也不会回到这个家了，死也不回来。哪怕横尸街头，也比留在这样的家里好！这种念头超发坚定起来。

加村先生出生于战争结束的翌年，即昭和二十一年（1946年）。

那是天皇发表《人间宣言》,《和平宪法》公布,战后日本起步的一年。然而战争造成的伤痕是巨大的,所有人都为了维持生计而疲于奔命。作为兄弟姐妹8人中的第四个男孩,加村先生度过了少年时期的昭和30年代(1955—1964年)。正是那样的一个时代,漫画《月光假面》风靡一时,街头巷尾的电视屏幕上都放映着力道山的英姿,可这一切都与少年加村无缘。他上山下河,为了当天的伙食而采摘山菜、捕鱼——这就是他全部的乐趣所在。

上小学时，因为家境贫寒，便当都只有麦饭。朋友也很少，总是逃学去附近的小河捕鱼。

第二章 离家

爱犬小白

　　离家的我，飞快地走到了国营铁路，不想被附近的人发现。

　　我们一家曾经走遍这条被称为"渡良濑溪谷铁道"的国铁足尾线沿线的每一处，可我现在却不知道该去往何方。尽管如此，我依然继续走着，毫不停歇。

　　怎么办，去哪儿呢？我不想见任何人。见了别人，被送回家的话，又要挨骂、被揍、被木棒打、被绑在墓碑上……

　　对了，就去足尾铜山吧！沿着这条铁路线不停向北进发就能到达足尾铜山。我曾在小学社会课上学到过足尾铜山，是个让我很想去一次的地方。而且听说足尾铜山几乎已成废矿，没什么人了。能去那里的话，一定不会再被找到了吧。

行路途中，我见到山柿子就摘来吃，太阳落山也不停步。实在累了就在铁路旁坐下，找个什么东西靠着睡一会儿。那是我有生以来第一次露宿野外。

离家第二天。我正继续朝着足尾铜山的方向一心一意地走着，突然听到远方传来"汪汪"的犬吠声。好熟悉的叫声，回头一望，映入我眼帘的竟是小白飞奔而来的身影！

自打二哥不知从哪儿领回这只混种秋田犬的幼崽起，我就成了最疼爱它的那个人。它虽然是二哥的狗，但与我最为亲近。

小白很聪明，是不是担心我不会再回去了，便循着气味追了过来呢？不可能啊，它明明是被一根粗粗的绳子拴在狗屋里的，难道是把绳子咬断了？而且居然才迟了一天？难道它一直是以这么快的速度跑来的？总之，我没看错，就是小白啊！

太高兴了，真的太高兴了！我原本是抱着"死了也无所谓"的想法不停向前走的，现在却产生了要和小白在避人耳目的地方长久地生活下去的念头。我把小白抱在怀中，对它说:"我们要一直在一起哦。"眼泪哗啦哗啦地落了下来。

从那以后,我们一连走了好几天。路上,我饿了就吃番薯干,也喂了很多给小白。只要它想吃,我就喂它,它吃的没准儿比我还多。

和小白会合后,我一觉都没有睡过,持续走了四五天。渴了也没钱买喝的,只有等到在路边看到小河的时候,才能跑去润润嗓子。在与铁路平行的人行道上有好几组人,有拖家带口的,也有打扮得像登山客一样的,大概都是出来郊游的吧。虽然我穿着学生制服,背着书包,带着只狗,沿着铁路步行着,但他们似乎都从未怀疑我是离家出走的,没有人来找我搭话。

足尾铜山

足尾铜山的景色在我眼前铺展开来的那一刻,我十分激动。

当时的足尾铜山,每座山的岩层都已裸露在外。四处都坑坑洼洼的,满是矿山采掘留下的痕迹。我从未见过这番景象。附近基本没有民居。我试着登上了一座山,山下的村落已经小得几乎看不见了,但是这座山上却没有可以居住的洞窟。既不会被任何人发现,又能轻易获取饮用水的地方,其实并没那么容易找到。

我得翻过这座山。我匍匐着攀缘陡峭的岩壁,双手的手指被石头磨得满是鲜血。虽然到了坡度较缓的地方可以把带来的铲子当作登山杖用,但是脚已经肿成了球,痛得走不动路。连小白也吐着舌头,呼呼地喘着粗气。

如今我已记不清当时翻过了多少座山,穿过了多少条河。只记得是在周围变得昏暗起来的时候,才终于找到了合适的地点,那是某座山半山腰处的一座矿山遗迹。

"就是这里!"

我们走了进去。先是试着走进了约有3米宽的入口,入口附近有风吹进来,很冷,于是我们又战战兢兢地朝里走了5米左右。洞窟内部比入口处暖和,话虽如此,但要一路走到洞窟最深处又太吓人了,我们便就地坐了下来。

山里的夜晚,万籁俱寂,洞窟深处传来"啪嗒啪嗒"的可怕怪声。我"咚咚"的心跳声在洞窟中回响,很害怕。但因为有小白在身边,我并不寂寞。

无论如何,至少今晚睡觉的地方有了着落,我累得不行,瘫坐在那里。小白爬上我的膝盖,我抱着小白,不知不觉间陷入了睡眠。第二天,小白伸出舌头来回舔着我的脸,才把我给痒醒了。如果没有小白的话，我应该能睡上整整一天，不，恐怕会睡更久。就是有那么累。

小白的肚子都饿扁了。我喂它番薯干，它很开心，狼吞虎咽地吃了起来。只要小白想吃，我就会喂它，所以轮到我的时候就只剩一块了。虽然书包里塞了很多番薯干，但那毕竟还是珍贵的食物啊。

吃完饭后，我立刻开始动手打造我们的"家"。在洞窟里席地而卧太冷了，而且之后，天气会越来越冷吧。就算是小白也会被冻着的，真可怜。只不过当时我还没有想到自己会在洞窟里住那么久，脑子里只是盘算着到了这里应该就不会被别人发现了，所以就在这儿待到下雪前吧，仅此而已。

制作床铺

总而言之，在矿山遗迹的洞窟里，我和小白睡醒后决定的第一件事，就是必须造个床铺出来，还得避开从洞窟入口灌进来的冷风。另外，如果不把入口堵住，没准什么时候就会有野兽进来袭击。

首先要收集木头和枯草，为此，我在山中来回奔走。杂树丛里，我一边在地上挑挑拣拣，一边用柴刀劈劈砍砍，同时尽可能寻找那种表面黏着一层已经凝固的树脂的松树。还真被我找到了一棵,直径大概有30厘米,我用柴刀"哐哐"地把它砍倒,手上都沾满了黏黏的松脂。在此期间,小白好像去了别的地方,不过等我收集完木材后,它也回到了我的身边。看起来小白也已经喜欢上这个洞窟了。

我先在洞窟入口的两侧打下木桩,然后把桧树枝绑在上面。我没有绳子,所以是用藤条绑的。这些材料山里一年四季到处都是,随便走走就能搞到,十分方便。

为防止野兽闯入,我把桧树枝成捆成捆地摆在入口处。桧树枝还能成为入口处的防风墙。把很多桧树枝用藤条捆在一起,就成了遮风挡雨的门。这样一来,即使在寒冷的冬天,洞窟里也很暖和。此外,因为从外面看不见里面了,所以有人住在洞窟里这点,也就不会暴露了。

我是看着老爹帮别人修建有茅草屋顶的房子长大的,所以才掌握了这些知识,这里应该这么做,那里应该那么做,我一边回忆老爹的工作,一边自己动手。

想从老爹身边逃离,才千辛万苦地来到足尾铜山,结果却一边回想着老爹,一边捆起桧树枝,做着防风墙。虽说当时只是一门心思地忙着手上的活,但是如今再回味回味,心情真是相当复杂啊……

把松树的木头劈成四份,然后用从家里带来的火柴点着。松脂易燃这点也是看了老爹烧东西才学会的。当时我听说火柴是贵重品,所以心想每次都用火柴点火的话就太浪费了。

我还知道在山里只要有火就不会被野兽袭击,因此,最重要的就是保证火种不灭。我在洞窟入口附近做了个炉灶般的生火处,燃料以坚硬的木头为佳。我找来了山樱木和栎木。山樱木很容易起火,栎木没有山樱木那么好点着,但两者都很耐烧。虽说火势不大,但因此也无须担心引发火灾了。烧剩下的"余火"也是好东西,无论何时周围都暖烘烘的。

砍下附有松脂的松树,劈成细条,点着火。然后把山樱木或栎木扔进生火处,立刻就会冒出阵阵黑烟,火焰也随之蹿起。洞窟里开有横穴,烟会从那里出去。多亏了它,既不会有烟在洞窟里积聚,我的住处也不会暴露。另外,还要留神余火,别让它彻底熄灭。不过我也因为粗心大意而让它灭了三回左右。

洞窟周围都是劈好的树干、树枝、树根。就像雪地中的雪洞周围全是雪那样,我住的洞窟附近全是木头,简直是个"木洞"。不过在下雨、下雪的日子,木柴会被淋湿,生不了火。这时就得把它们移进洞窟里晾一会儿,干了以后就又可以如常使用了。

洞窟里的床铺相当舒适。先把三根粗木头纵向排列，再像枕木一样，把细木头也叠放上去。接着在上面密密实实地摆一层桧树枝。最后再把枯草铺在上面当作床垫，虽然没有多么蓬松柔软，但睡起来真的很舒服。

刚刚开始洞窟生活的时候，经历的净是些沿着铁路的长途逃亡、自己动手打造"新家"这种从未体验过的事，我的精力被消耗殆尽，发起了高烧。不过也有可能是因为头一晚在一无所有的洞窟中席地而卧，着了凉。我没有体温计，不知道自己烧到多少度。但头昏脑涨，浑身酸软无力，怎么努力都没法站起身。用手试了试额头的温度，烫得吓人。我拼了命爬到洞窟外，去到下方的河边，将从白衬衫上撕下来的布块浸湿放在头上，然后躺倒。没想到发烧的热量一下就把湿布给蒸干了。我自己又去把布块弄湿了几次，终于实在是没有力气了，就连动一动都很痛苦，于是就那么瘫倒在地上。

突然，小白把我额头上的布块叼走，跑进了洞窟深处。然后，可能是在哪里把布浸湿了吧，它又叼着被冰冷的水弄得湿淋淋的布块回来了。布块一直在洞窟的地面上拖动，上面已经满是泥巴。拜它所赐，我的脸也黑成一团了。

那天晚上，我在高烧的侵扰下做了一个梦。梦见一片开着黄色油菜花的原野，有个四五十岁的男人，穿着白色的衣服，感觉像是飘在半空中，不断地招呼我过去。我站的地方与那个人之间隔着一条小河，只要一望向他，心情就立刻变得十分轻松舒畅。干脆去他那里吧……正这么想着的时候，我的右耳突然被小白扯了一下，于是我醒了过来。但是心中依然记挂着那种轻松舒畅，很快便再次沉入梦乡。接着，小白又一次撕扯我的耳朵。如此循环往复好几回之后，我终于完全清醒过来。这才发现，右耳已经满是鲜血了。

小白不停地咬我的右耳，救了我一命。

第二天，头昏脑涨的情况稍微有所缓解。我无意间朝旁边扫了一眼，发现洞窟入口处的树根上有一条拇指那么粗、长度大概有20厘米的肥蚯蚓。我家只要有人发烧，父母就会把活蚯蚓烤了泡在开水里，让发烧的人喝掉。印象中只要一喝下去立刻就能退热，于是我也烤了蚯蚓。接着用从河边捡来的空罐子打了水，煮到咕嘟咕嘟地冒泡，把烤蚯蚓放进开水中，那味道臭得要死，我捏着鼻子，一口气喝了下去。没过多久，之前的高烧就难以置信地迅速消退了。

昭和三十四年（1959年），少年加村13岁。那年，明仁天

皇（当时是皇太子）与美智子皇后的婚礼游行令整个日本都沸腾起来。在成为第一场天览试合[1]的巨人·阪神战中，长岛茂雄击出了再见本垒打。电视机开始普及，街头巷尾都在播放刚刚出道的The Peanuts的《可爱的花》和获得了第一届日本唱片大奖的水原弘的《黑色花瓣》。正是在这样的一个时代，无论是在家中还是学校都是孤身一人的少年加村，开始了他长达43年的流浪生活。

---

[1] 指1959年6月25日，昭和天皇第一次到现场观赏棒球比赛。

离了家，朝足尾铜山走去。照片中正是加村先生和爱犬小白一同走了大约7天的"渡良濑溪谷铁路"沿线。当时，他喝河水，靠番薯干和山柿子填饱空空的肚子。

第三章　洞窟生活

吃蛇

开始洞窟生活一个月之后,离家时带出来的一大堆番薯干已经所剩无几了。原因在于,我自己只要不是太饿,多少还会忍耐一下,而一旦小白想吃了我就会喂给它。毕竟它是我唯一的"家人",我无论如何也不想让它挨饿。

洞窟生活中最最麻烦的事就是寻找食物。我曾摘下偶然发现的山柿子放进嘴里,结果难吃极了。心想,这个没法吃啊,于是就把它弃置在洞窟里。摘下来的时候还是黄色的,结果放了一段时间以后,变成了红色,还散发出香甜的气味。

我试着连皮咬了一大口,很甜,很好吃。但一直只吃山柿子的话,肚子里会甜得发腻,再加上山柿子的时节也已过去,我就不再吃了。

番薯干和山柿子都没了,连着三天,没找到任何能吃的东西。眼见着小白日渐虚弱,我开始着急了,再这样下去,小白可是会死的。

我下了山,搜遍了河边的每一个角落,寻找有没有什么可吃的东西。就在这时,一些蜗牛突然闯入了我的视野。草木之上,有很多长度将近5厘米的大蜗牛。蜗牛嘛,就算不用道具也能逮到。我把它们一个接一个地抓起来,塞进夹克的口袋里,带回了洞窟。

可是洞窟里没有用于烹饪的锅,也没有网子。我只好把带着壳的蜗牛直接放在余火上烤。很快,壳里开始咕吱咕吱地响了起来,已经熟了。我往里面滴了点酱油,就这么哈呼哈呼地吹着气,尝了尝味道。这种吃法完全可行。虽然这是我人生中第一次吃蜗牛,但我已经被蜗牛的味道之清爽与捕捉之轻松吸引了,每天都要吃好几十只。然而我很快又吃腻了,本应十分好吃的蜗牛也变得寡淡无味起来。

我环视四周,想看看还有没有别的东西可吃,洞窟入口附近一片茂密的枯草映入了我的眼帘。我若无其事地拨开枯草看了看，发现里面有块扁扁平平的石头，便把石头也掀了起来。好家伙，底下有好多条蛇盘成了一大团，一动也不动。天气已经挺冷了，它们大概是在冬眠吧。各种蛇密密麻麻地盘在一起，估摸着得有20条。没有那种大得吓人的蛇，不过每一条都很粗。

我没觉得恶心，反倒是因为发现了食物而松了口气。小时候，我和老爹一起进山抓过蛇吃。还记得不需要多么复杂的处理，只要把皮剥了，晒干后烤着吃，就已经出人意料的鲜美了。

通过观察老爹的做法，我学会了捕蛇的手段。先要剪十几根自己的头发下来，烧掉，这样，蛇就会被焦煳味吸引，蠕动着爬过来。此时从后方抓住它的"脖子"，捏着下巴，一口气猛地扯到尾巴处，这么一来就能把内脏掏个干净。再把蛇头揪掉，为了方便食用，要拿树枝拍打蛇身，把里面的细骨全都拍得粉碎。

蛇有三种吃法。

第一种虽然名叫"拍蛇肉"，但其实是生吃。剥去蛇皮，拿树枝将蛇骨拍碎。用小刀把蛇肉切成大块，蘸蘸酱油，就可以享用了。不过把这道"拍蛇肉"咽下肚之后，还能感觉到被大卸八块的蛇身在胃里咕叽咕叽地颤动。第一次吃的时候我真的差点就吐出来了，可是不吃就会死，所以只好拼命往肚里咽。

第二种是"烤蛇肉"。从下巴一口气扯到尾巴，把蛇处理得只剩下肉之后，直接放进火里。烤到噼啪作响时，蛇的身子会一边蜷曲一边着起火来。调味料是酱油和盐。蝮蛇的肉尤其美味，香喷喷的。有些人会担心蝮蛇的毒，其实蝮蛇的毒只能从牙里放出来，肉里一点毒都没有。蝮蛇有很多细小的骨头，所有肯定含有很多——那东西叫啥来着，钙？没错的，一定有很多那东西。

只要不是毒蛇，直接整条晒干后烤着吃也没问题。

第三种是"蝮蛇鲜血"。用柴刀把会从牙里放出毒液的蝮蛇头剁掉，拎着尾巴把蛇提起来，就这么直接喝它的血。血会滴滴答答地落下来，张嘴接着就行。我的嘴边免不了满是鲜血。我对小白说："来来，喝了蛇血就有精神了！"小白却气鼓鼓地把脸扭向一边，从洞窟里出去了。是觉得我很恶心吗？

不过，不管再怎么变着法子吃蛇，每天从早吃到晚，终究还是会腻的。尽管如此，最好吃的食物，说到底还是蝮蛇。

说起这个，一天到晚净吃蝮蛇的话，有时会大滴大滴地流鼻血。流起来就流个没完，止都止不住。当时怕得不行，觉得"我不会就这么死了吧"。都说蝮蛇肉能让人精力绝伦，这个说法确实不假。我都能感受到自己满是血丝的眼睛兴奋地放着光，全身上下充满了力量。

可是，下半身也燥热了起来，裤子支起了帐篷，好疼啊。当时我才13岁还是14岁，哪里懂得这个哦。就这么在洞窟里一动不动地忍耐着，过了好久才恢复原状，真不得了。

洞窟里还有其他食物。夜里，我睡下后会听见岩地里传来"哧溜哧溜"的声音，那是老鼠出来活动了。某天晚上，我决定抓只老鼠，便扔了一小块蛇肉在地上，老鼠迅速地爬了过来。好嘞，就是现在！我一树枝敲在老鼠头上，它一下就死透了。不过当时我很困，于是就放着没去管它。过了一会儿，我醒来后发现又一只老鼠爬了过来，正在啃死老鼠的头。这就是同类相食啊！这样的话，老鼠岂不是会一只接一只地过来吗？我这才懂得，只要有一只死老鼠，就能抓到其他老鼠。

老鼠很有意思，总是好几只排成一队出来，紧紧挨在一起。后面的老鼠衔着前面老鼠的尾巴，5到6只排成一队向前进。因此，根本不用瞄准目标，只要挥下树枝，总会有被打中的。

老鼠也同样用刀剥皮，可以剥得非常干净。不过老鼠只有腿上有肉，还不好吃，但没办法，毕竟不吃的话就会饿死啊……

捕兔

入秋以后，光靠洞窟附近的食物怎么都不够了，我打算去附近的山里找找看。足尾铜山是一座岩山，几乎没长什么植物，到了附近的山里才发现蘑菇已经开始冒头了。我学着老爹老娘以前那样采蘑菇，并把吃不完的蘑菇晒干。这样下次要吃的时候，只需把干蘑菇再用水泡一次就能恢复原样。真是很易于保存的食物啊！经常采的是蟹味菇，等到开春也能采到蕨菜、紫萁、荚果蕨，楤芽这些山菜，和草木混长在一起，遍地都是。

我后来才晓得，洞窟附近的山里有很多赤松，那么树下想必也长着松茸。不过那时候我别说吃松茸了，就连见都没见过。所以哪怕我找到了松茸，也不会吃它。只要不是小时候吃过的蘑菇就不清楚它有没有毒，难免还是会害怕的嘛。现在想来，如果当时去尝尝松茸就好了。

洞窟生活里，一旦发现某种食物，之后的日子就会一直吃这一种食物，容不得挑三拣四。小白和我，我俩光是为了找到活下去所必需的食物就已经拼尽全力了。

可是在足尾铜山这座草都不怎么长的岩山里，寻找食物真的是一大难题，连着两三天什么都吃不到已是家常便饭。就算出去搜寻食物，也经常无功而返。一年过后，我的身体衰弱了许多，因此甚至开始不愿出去寻找食物了。往余火里添柴取暖时，小白一直安静地坐在我的膝上，看着它已经瘦可见骨的身子，我的眼泪忍不住落了下来。

"已经不行了，明早我们就下山吧。对不起啊，小白，让你瘦成这样。"

第二天早上，我醒过来，小白不见了。

"小白！小白！"

怎么叫都没有回应。正当我不安的时候，小白跑着回来了。怎么回事？小白嘴里叼着什么东西？是兔子！小白叼了只兔子回来！

小白大概是跑到山上方的什么地方去了吧。它仿佛看穿了我的心思似的，跑进山里捉了只兔子。

"小白，你太能干了！谢谢你，谢谢你！"

我摸摸小白的头，它高兴地摇起了尾巴。

我立刻动手处理兔子。为了把血放干，得用小刀切开它的喉咙，再把它倒吊在树上。等血滴完，用小刀把它全身的外皮剥掉，最后再砍掉头。清理出的内脏和头全都扔到了洞窟外面。我在火堆上架起木头，把肉放在上面烤。小白把肋骨周围的肉吃了个精光，吃得很香的样子。

"小白，给我这一根就够了。"

我向小白道谢，只吃了一根大腿。小白咯吱咯吱地啃着我扔掉的骨头。它应该也吃饱了吧，又和以前一样精神了。兔肉很有嚼劲，也很香。所以我和小白一起去了附近的山里捉兔子。小白以惊人的速度奔跑着，我只能在后面拼命追它。小白已经嗅出并锁定了兔子洞的位置。

兔子的巢开有入口和出口两个洞。就算找到了洞，里面也不一定有兔子。先要用一根长50厘米左右的木棒从入口探进去，确认里面有没有兔子。有兔子在里面的话，它会去咬木棒，一咬就说明有戏了。这时要用木棒抵住它的脖子，让它没法行动，再用石头或者树枝打桩似的把木棒固定住。这样一来，兔子就被彻底控制住了。接下来用铲子把出口附近的土一点点挖开，直到能够得到被木棒控制住的兔子为止。接着用手拎起兔子的耳朵就能将它活捉。

不过兔子可是很顽强的。把手伸进洞里捉它的时候，它会狠狠地朝手咬过来。兔子的牙齿可厉害了，被咬到的话可能会被啃进指骨，疼得要命。每次捕兔，我的手都会伤得满是鲜血。我的食指被兔子咬过一大口，伤口大概有1厘米，至今还留在手上呢。

兔子可不是简简单单就捉得到的，常常花上整整一天在山里东奔西跑也抓不到一只。那种时候，既耗尽了力气又得忍饥挨饿，只能和小白在洞窟里倒头睡去。

有一次，在追兔子的时候，一根树枝刺进了我右腿的腿肚子，伤口很深。我扯下白衬衫的袖子绑在伤口上方，但血还是止不住，便赶忙寻找艾草的叶子敷在伤口处。儿时的经验让我知道艾草有止血的功效。山中生活里，我就只受过这一次比较重的伤。

如果夜里下了雪而且积了起来，早上捕兔就会容易很多。因为雪地上会留下脚印，一眼就能发现兔子洞的位置。但有时兔子也会察觉我俩的气息，逃到别处去了。兔子逃跑的脚程确实快，可最为棘手的还是它们的胆小。尽管如此，我和小白依然在山中奔走，为了填饱空空的肚子不断向山的深处进发，寻找兔子的踪迹。突然，一条兽道出现在我们眼前。

斗野猪

　　这是什么野兽的兽道呢？总之，附近肯定有某种生物，这点毫无疑问。我们沿着兽道走着，忽然看到远处有个见所未见的黑家伙跑了过来。那势头，与其说是"跑过来"，不如说是飞奔而来更为恰当，而且它是冲我来的。大事不妙，我本能地躲在了树后。那家伙长着獠牙，牙似乎还很尖。仔细一看，原来是只野猪，体长恐怕不止1米。这么好的猎物可不能放过啊！可是，我和小白被它惊人的气势吓住了，不敢出去，腿一直在颤抖。

　　我们暂且先逃离了那一带，找了个安全的场所避难，并决定在野猪可能经过的地方布置陷阱。首先，用铲子挖出个大大的坑，一个宽1米、深度能容纳我大半个身子的大坑。然后找来三根竹子，用柴刀把一端削尖，斜插在坑里。

　　陷阱做好后，我自己化身诱饵，到能被野猪看见的地方，故意"喂——这里，这里哦"地高喊，吸引了野猪的注意后便开始全力奔跑。来到坑旁后，借着奔跑的惯性跃过大坑。身后的野猪也全力冲了过来。接着，扑通！野猪掉进了坑里。它被埋设好的竹子刺入了身体，已经一动不动了。

　　"成功了！小白，抓到野猪了哦！"

不过，接下来就麻烦了。野猪的身躯太庞大了，我没法把它从坑里拽上来。所以就只好放弃了拽它上来的想法，改为就地分解。光是等血放干就等了好一会儿，接着用小刀剥皮。野猪比兔子大得多，剥起皮来花的时间也多得多。

皮剥完后，用小刀沿直线剖开肚子，以便取出内脏。双手伸进去，把肠子啊、胃啊这些内脏都扒拉出来。然后按照前脚、后脚、身体的顺序切分易于搬运的部分。周围渐渐暗了下来，这项工作还远远望不到头。当天我就在那里露宿了，用火烤了一部分野猪肉吃，填饱了空空如也的肚子。第二天一早，我用藤条把野猪前后腿的肉捆了起来，挑在肩上，躯干的肉块都塞进书包里，一并带回了洞窟。最好吃的要属野猪后腿后部的肉啦，脂肪和肌肉的比例恰到好处，美味无比。

就算这样，也还是有肉剩了下来。我就在洞窟里把剩下的肉都切成长 20 厘米左右的肉条，全部挂起来晾着。放在地上会有缺损，所以把好几十条肉都挂了起来。晾 10 天左右，就变成肉干了，还挺好吃的呢。这种既不会坏又经放的肉干做好以后，可以当作冬天的储备食物，而且能带着到处走。下次再抓住什么动物吃不完的话，我打算把肉全都做成肉干。最后，我在山里一共捉了差不多 5 头野猪。

每次吃东西的时候，调味品都是酱油和盐。可是，从家里带出来的酱油就那4瓶，又不是什么随时随地都能搞到的东西。一年过后，酱油一滴都没有了，只剩下盐。

洞窟的深处住着蝙蝠。每天夕阳西下的时候，都有几千只蝙蝠掠过我的头顶，一齐飞出洞窟。白天，它们就散乱地倒吊在洞顶上。肚子实在饿得不行的时候，我甚至吃过这些蝙蝠。我朝着洞顶用力挥舞着棒子，好几只蝙蝠应声落地。

蝙蝠的脸像猪一样，被抓住的时候会吱吱吱地鸣叫。蝙蝠会拍动手足不停地挣扎，而且体形又小，很难用小刀剥皮。只好就这么直接烤了吃，但味道实在太糟糕。把蝙蝠放入火中后，会发出噼啪噼啪的声音，整个翅膀直接被烧掉下来。再加上躯干和脚上又基本没肉，所以其实没什么能下口的地方。我再也不想吃第二次了。

到了冬天，蛇和青蛙都会冬眠。我看见蛇和青蛙在同一块石头下一起睡觉的场面时，当场笑了出来。冬眠结束后，当它们终于注意到各自的"枕边人"时又会发生什么呢？一想到这儿，我就笑得停不下来。

青蛙的冬眠，和蛇的抱团冬眠不同，它们会两只两只地待在自己领地内的石头底下。洞窟里有蟾蜍和赤蛙。蟾蜍可难吃了，有股土腥味。不过赤蛙很好吃，没有怪味，吃起来有点像鸡胸肉。

夏天，我会到河边去找赤蛙。赤蛙没法设机关逮，我都是用手捞。逮到之后也没有地方装，只好就地敲头杀掉。从蛙嘴附近可以一下子把整张皮扯下来，剥得干干净净的。当场吃不完的就把四肢展开，皮剥掉，倒吊着用藤条绑在腰间，就像挂在腰带上似的。抓得多的日子能在腰间绑5到6只大青蛙，重得都有点难以行动了。

烤青蛙的时候，我是像串烤鲑鱼那样，用铁棒把青蛙刺穿了烤的。这铁棒是某天在洞窟里找到的，应该是以前用在矿山里的工具吧。这根铁棒还真是在各个方面都派上了用场呢。

不过，不知为何，小白不吃青蛙。只要闻到是青蛙的味道，不管多饿都绝对一口不碰。是吃不来这个吗？

猎人

我还被猎人盯上过。记得那应该是在冬天，对猎人来说是有绝佳猎物出没的季节。和平常一样，我和小白正为了寻找食物而在山中漫步。突然听见一个男声吼道："怎么跑到这种地方来了？不知道危险吗？！"一看，一群牵着猎犬的男人正举着猎枪。还没开口回答，恐惧先涌了上来，我赶紧和小白全力逃离了那个地方。

男人们放出猎犬追了过来，我真以为自己会挨枪子来着。这种死法太讨厌了，绝对不要。我们拼了命跑回洞窟，逃了进去。男人们对我和小白一脸"这些家伙咋回事啊"的表情，但好像并没有要进到洞窟里面来的意思。猎犬们在洞窟入口处汪汪狂吠，小白则用不输它们的声音吼了回去。

"小白，了不起！不过可能会吃子弹的，赶快到我这儿来！"我和小白一个劲地往洞窟深处跑去。猎人们没有进洞，只是在入口处喊着"臭小子，快出来"。

过了一会儿，四周安静了下来，不过他们可能还在入口处。我和小白屏住呼吸，一动不动地等待夜幕降临。折回入口看了看，我和小白的"家"没有被弄乱的痕迹。猎人们似乎也放弃并撤退了。

不过，我也领受过这帮猎人的恩惠。

小白和我在山里走着走着，突然碰上了一头鹿，还是一头特别壮硕的鹿。鹿赶忙一蹦一跳地在岩石间穿行，朝山的上方奔去。

"小白，能抓住那头鹿的话，想想都香啊。"

"哇，好快！不行，还是得追追看！"

"啊，距离果然被越拉越大啦。小白啊，虽然很可惜，但还是放弃那头鹿吧。"

就在那时，砰！猎人的猎枪声响彻山中。

咚咚咚，扑通！

我听见了鹿跌落的声音，赶紧跑到发出声音的地方，发现它正在河里浮浮沉沉，随波流动。猎人好像还没发现，它是我的啦！

我冲进河里，将鹿抱起，拖到河边的岩石后面。这头鹿和野猪体型差不多，可能还要更大点，非常沉，不可能直接搬回去，只好就地解决了。扒掉皮，取出内脏，分解得只剩下肉。看小白的样子，吃得可香了。我也就地生起火来，美美地享用了一顿又柔软又美味的鹿肉。尽管如此，肉还剩下很多。我就把肉都切成大小合适的肉块，带回了洞窟。吃不完的部分都按照惯例做成了肉干。这样一来，哪怕很长时间不打猎也不缺肉吃了，真要对猎人们说句谢谢啊。

在洞窟里生活的数年间，我从没去过洞窟的最深处。我和小白生活在距离洞窟入口五六米的地方。时不时能听见深处传来水滴落下的声音，很是瘆人。虽然知道有水，但我从没动过喝那里的水的念头，毕竟洞窟下面不远处就有一条小河流过嘛。

刚到洞窟的时候，我喝过石头的凹坑里积存的水，又臭又难喝，还把肚子搞坏了，打那以后我就决定再也不喝洞窟里的水了。要喝水的时候基本都是下到小河边，到了冬天也会把洞窟入口处形成的冰溜子或积起的雪放进嘴里将就将就。

对我来说，洞窟是再好不过的"家"，冬暖夏凉，实在冷的话只要烧些树枝或者枯木就好。如此一来，洞窟里的水滴就会化为蒸汽，像澡堂一样暖和起来，那感觉可舒服了。

虽然一直没洗过澡，但我一点都不在乎。反正就我一个人嘛，就算再臭也不会给其他人造成困扰。虽说夏天时去河里洗洗澡起码也能洗掉一些汗，可我连这点兴致都没有。

因此，我身上污垢的量可不是闹着玩的，完全不是那种看起来像是被太阳晒脱皮的程度。污垢的厚度，几年下来居然达到了1厘米！真的是"日积月累"啊。污垢是流汗之后灰尘黏在汗水上形成的，臭不可闻。不过，夏天里有时候出汗量特别大，已经干硬的污垢会被软化，自己吧嗒一下脱落下来。脱落之后露出了好看的肉色，与污垢积累而成的黑色简直是天壤之别，我吃了一惊。

大便是在洞窟外的树林里解决的，每次我都会用铲子挖个坑，完事之后再用土把坑填上。纸是没有的，只好用草来擦屁股，试了各种各样的草之后才发现桧树叶是最柔软、最合适的。刚开始那阵，擦屁股还疼得不行，火辣辣的刺痛，几乎没法忍受，不知不觉间也就习惯了。连屁眼都经受了艰苦的磨炼啊。小便也在洞窟外面解决。洞窟可是我宝贵的"家"，无论如何都不想在里面大小便。

打离家起就穿着的衬衫、校服、夹克和鞋子都已经破破烂烂的了。鞋子的橡胶底开了洞，鞋面的布也磨破了，只靠着几根线勉勉强强地连在一起。我抽出鞋带，直接单把鞋底绑在脚上当鞋穿，这是我穿过最难受的"鞋子"。

校服如何呢，裤子的膝盖处已经被磨得不成样子了，到处都是洞。衣服的下摆也绽了线，耷拉了下来。在山中行动，又是被树枝刺又是被岩层磨的，衣料都变成薄薄一层了。颜色也变了，黑色的校服变成了浅浅的藏青色，纽扣也全没了。

即便如此，我依然比在家时幸福，哪怕三天吃不到任何东西、哪怕衣服全都破破烂烂，我也还有小白这个伙伴在身边。所以，想回家或者想回学校之类的念头，我一次都没有动过。

小白之死

令这样的我决定下山的契机,同样是小白。

已经想不起那是度过的第几个冬天,只记得是积雪正要开始融化时发生的事。

从前一天开始,小白十分罕见地、咕呜咕呜地叫了一整天。叫声带着鼻音,像是在撒娇。而且唯独那天它特别黏我,但我总觉得它好像无精打采的,一副浑身乏力的样子。一进洞窟就爬到我的膝盖上,动也不动。是身体不舒服吗?到底怎么了啊?

"喂,小白,没事吧?你怎么啦?"

我搓着它的身子问道。它还是和之前一样,弱弱地发出咕呜咕呜的叫声。可能是肚子饿了吧,但我试着喂它野猪肉干,它却一点都不想吃。

第二天早上,小白的身子已经变得冰冰凉凉了。实在太突然,我完全没有料到。

"小白,小白!小白啊!!"

没法相信。不想相信。

洞窟生活刚刚开始的时候,我发了高烧,那时一直在我身边照顾着我的小白……

不停地把布浸湿放在我额头上的小白……

正当我因为找不到食物而打算下山时，不知道从哪儿抓来了一只兔子的小白……与小白共度的生活，一幕接一幕地在眼前浮现。

骗人的吧，为什么啊？是骗人的，对吧？

小白死了。小白死掉了。小白……

我没法相信，不想相信。

我告诉自己，小白一定只是太累了才睡过去的。于是我放下了一切事情，就在那里等小白睡醒。三天三夜，我没有走开过一步，没吃任何东西，一直和小白在一起。就像小白照顾病中的我那样，这次该我照顾它了。

小白，睁开眼吧……

然而，小白的眼睛再也没有睁开过。

我哭了。哭啊，哭啊，我的哭声在洞窟中回响。

我翻开小白的眼皮，看了看它的眼睛，眼球已经变成了白色。就算这样，我也不想离开小白。小白幸福过吗？和我在一起的日子里，它真的幸福过吗？

我抱起小白，迈开了步子，在山中四处游荡，想让小白最后再看看这一座座它曾于其中尽情奔跑的山。

也不知翻过了多少座山，我找到一片四处盛开着美丽的粉色兰花的地方。挖了个洞，把小白埋了进去。但我还想再见小白一面，于是又把土刨开，把身体已经变硬的小白抱在怀里，哭了起来。真的是最后一别了，我一边说着再见，一边用土把坑填上，还在上面种下了三株兰花。

我唯一的无可替代的家人，就这么死去了。

足尾铜山于江户时代被发现，从大正时代到太平洋战争时期都是日本第一铜山，盛极一时。然而在加村先生开始定居其中的昭和 30 年代（1955—1964 年），足尾铜山的生产量已经急剧下跌，最繁荣时期的盛景荡然无存。矿山四处散布着不再使用的矿山遗迹的洞窟，山体的岩层也已剥露而出。加村先生与爱犬小白所共同居住的，正是那些洞窟中的一个。

照片下方中间的部分正是加村先生曾经住过的洞窟的入口。他在洞窟内把猎物处理好后吃掉。青蛙和蛇是主食。

第四章 老夫妇

挖洞

　　失去了小白的我，也失去了思考的能力。忘记了回洞窟，也忘记了饥饿，一直坐在小白的墓前。不想动，什么都不想做，只是目不转睛地盯着小白的埋身之处。

　　继续住在洞窟里的话，每天都会想起小白，每天都得面对失去小白的痛苦，那是我无法承受的。我得离开洞窟。

　　把吊着的肉干装进书包里，用和小白一起捕来的兔子的皮做成鞋子。兔皮柔软而温暖，穿起来很舒适。

　　我下了山，沿着河走。小白已经不在我身边了，充满回忆的洞窟也越来越远。终于,再也看不见了。

朝阳升起,我也随之醒来;夕阳西下,我便眺望星空。这种走到哪儿算哪儿的露宿生活一直延续着。到了岩地,就在岩石之间找个能遮风挡雨的处所睡觉。之后不久,我开始在山的斜面之类的地方挖洞,洞小到只能容我一人抱膝而坐。记得第一次挖洞是初秋吧,已经积起了一点雪。本来仍是打算露宿的,但岩石间实在是冷,所以才决定自己挖洞。动物也会在冬天挖洞冬眠,大概是因为土里很暖和吧。

可是,洞是挖了,寒意却没有消退。我冻得直哆嗦,怎么也睡不着。必须得搞出一块地方用来生火啊,于是又往里挖了1米多。一铲一铲飞快地挖着,挖到树根盘生的地方就很难再往里挖了,这时要用柴刀把树根全都劈开,像挖隧道一样继续掘进。然而深处还是很冷。

我试着做了一张床,先把枯木、树枝什么的烧成灰,往上面盖一层泥,再把枯草铺在泥上。躺在上面,能感到身下传来阵阵暖意。不过有时会过于温暖,烘得我直冒汗。一张除有些土臭味以外无可挑剔的床,就这样做好了。

我把桧树枝和长着叶子的竹子切成长长的几根,插在洞穴入口处的土里。这样做完,再在洞里生起火,就不必担心会有野兽靠近了。

黑色食物

在山中四处徘徊，挖洞，睡觉——我已想不起来这种生活究竟持续了多久，自己走了多远。

仍旧是这样的一天，当时我正在洞穴里，附近突然出现了人影，那是一对来捡枯枝的乡下老夫妇。除了猎人，这是我离家之后第一次遇到人。他们俩向我搭了话。老爷爷老婆婆探头望着我的脸，问道。

"小伙子，你打哪儿来啊？"

"群马那边。"

"啊，你说什么？这儿可是新潟哦。"

老爷爷和老婆婆都十分惊讶。

"肚子饿了吧，小伙子。"老爷爷担心地说，我点了点头。于是，老婆婆递给我一个从来没见过的食物，看上去像是个黑色的三角形。

什么啊，这是？我提心吊胆地盯着这个黑色的东西，不敢接过来放进口中。见我这样，老婆婆便用手把它掰成了两份，自己吃了一口。

"别怕呀，这是饭团哟。"

这个听说是饭团的东西，拿在手里有着不可思议的触感。总之先试着尝了一小口，真的很好吃。

是白米！还放了梅干！有生以来第一次品尝到的味道。不知为何，我的泪水涌了出来。

被如此亲切地对待，这还是我人生中的第一回。作为回礼，我帮着他们一起捡了枯枝，还把捡来的枯枝送到了他们家里。以此为契机，我和老爷爷老婆婆熟络了起来。

每当我估摸着他们的枯枝要用完了的时候，就会再收集一堆给他们送去。这么做了几次之后，老爷爷给了我一张没见过的红纸。"这是什么？"我问他。老爷爷回答说："这是一百日元钞票，要好好保管哦。"

不过，我就算拿了钱也没处用，而且我根本不知道钱要怎么用。攒到两百还是三百日元的时候，我提出比起钱更想要吃的。老婆婆开心地去厨房给我拿来了饭团和年糕。

又过了一阵，我一如既往地收集枯枝送去他们家里时，老爷爷叫我进屋。那一瞬间，我怀疑自己是不是听错了。我又脏又臭，校服还破破烂烂的，他居然毫不顾忌地让我进屋。我不知该如何是好，呆站在门口，老婆婆一把抓起我的手，把我牵进了屋。

这还没完，他们甚至还让我进浴室洗澡。老爷爷和老婆婆都笑呵呵地看着我。"我会把浴室搞脏的,真的不要紧吗?"我问。老爷爷回答说:"没关系的,别担心。"

那是阔别数年的热水澡。我往身上浇了些洗澡水,然后进了澡盆。啊,这就是热水澡啊,太舒服了!洗澡水似乎是他们算着我差不多该来了而提前烧热的。随着身子渐渐变暖,紧附在全身上下的污垢也开始浮上了水面。原本透明的洗澡水一下子变成了白色,都看不见澡盆的底了。

"来,搓搓背。"

老爷爷和老婆婆进来了。我背对他们坐在浴室的凳子上,眼泪大滴大滴地落了下来。

可能花了30分钟吧,也可能更久,从头发到脚底板,我身上的每一个角落都被用力地搓了无数遍,把数年间累积下来的污垢全都洗掉了。就算这样,搓完背第一次打肥皂的时候还是一点泡泡都没起,第二次也没起泡,直到第三次,才终于起了点泡泡。那个不再全身污垢、不再臭不可闻的我,终于回来了。

战死的儿子

洗完澡后,我看见筐子里放着裤子、衬衫和厚厚的毛衣,还有白短裤和袜子，甚至连夹克都有。

"这些，你穿着吧，应该挺合身的。"

既然老婆婆都这么说了，我就穿上试了试，大小正好。这些是他们在战争中亡故的儿子的衣服。

"来来，坐这儿，给你剪剪头发。"

老爷爷取出剪刀，干净利落地给我剪起了头发。

老爷爷和老婆婆没有问起我的事情，只是说着他们自己的故事。他们的孩子在太平洋战争中战死，如今老两口相依为命，静静地在这里度过余生……

"可以一直待在这儿哟。"

老爷爷认真地对我说。之后我们一起吃了晚饭，好几年没用碗筷吃过饭了。热气腾腾的白米饭配上味噌汤，还有肉、烤物和焯拌蔬菜。有生以来第一次吃上这么豪华的饭菜。太好吃了！太好吃了！太感激了！太感激了！我一边吃饭，一边哭泣。

那天晚上，两位老人让我留宿，我便住下了。被窝暖烘烘的，和洞穴里那张"枯草床"天差地别。被子又松又软，还有股淡淡的肥皂香，十分宜人。我有生以来第一次在这样的被子里睡觉。在家的时候，都是兄弟几人挤在狭小的房间里，铺开又冷又硬还脏兮兮的被子一起睡。老爷爷老婆婆的心意令我很是欣喜，一整晚都没有睡着。

第二天，我帮老爷爷干了活。在田里拔草、收菜，当然还进山去捡了枯枝。到了夜里，理所当然地又没能睡着。从似睡非睡的状态中清醒过来，想我如果就这样一直住下去，以后会怎样呢？可是，继续麻烦这对温柔的老夫妇，我心里又很过意不去，果然还是不能太依赖别人啊……

种种想法掠过脑海。这样的日子又持续了一段时间，"那孩子到底是谁啊？"附近的人难免会对我这个突然出现在老爷爷家里的人起疑心的吧。

再住下去，会给老爷爷他们造成困扰的。

"我还是得回山里。"

老爷爷和老婆婆还在挽留口出此言的我，说道："怎么了，为什么这么说？""其实你也没有去处可回吧？"

可是那句"那我就住在这里了"，我怎么都说不出口。

结果，我深深地向老夫妇道了谢，又回到了山里。

两位老人嘱咐我带上这个、带上那个，把各种东西塞进一个大登山包里给了我。包里有两条替换的裤子、3件衬衫、3条短裤，还有厚毛衣和袜子。老爷爷先是把他的鞋子给了我，但我的脚太小，穿起他的鞋子来松松垮垮的，所以最后换成了老婆婆穿着的运动鞋。他们还给了我大大的饭团、盐、酱油、年糕和点心。

通过盐和酱油,我领悟到,离开家的这几年,世界上有很多东西已经发生了变化。离家的时候,盐还是装在纸袋里的,而现在已经装进了塑料袋;酱油的容器也从玻璃瓶变成了塑料瓶。

"很方便吧?这和玻璃瓶可不一样,就算掉到地上也摔不碎。"

老婆婆如此教导我。向这对把我当作亲人对待的老夫妇鞠了很多很多个躬后,我朝山里走去。老爷爷和老婆婆则一直在挥手向我告别,挥了很久很久。

竹鸡之森

就这样,我又开始了孤身一人的穴居生活。像以前一样在山中徘徊,时而露宿,时而挖洞,没有固定的落脚点。原因在于,我不知道要是再被人发现的话该如何是好,我已经不想见到任何人了。老爷爷和老婆婆都是大好人,和他们分别令我很痛苦,可能正因如此吧,我实在不愿再经受一次相遇与别离了。

这个时节,森林里经常能看到一种名叫竹鸡的鸟。我听着它们的叫声很像是"到这边来"。竹鸡可傻了，就算有敌人靠近，它们也只是把头伸进草丛里，屁股还露在外面，真是名副其实的"顾头不顾尾"。

竹鸡和鸽子差不多大，20只、40只一群地结群而居。靠近它们时，它们会飞快地跑开，不过倒不怎么会飞。可一旦它们跑进了草丛，就得聚精会神地盯住它们，不能移开目光，否则就会跟丢。因为它们的羽毛带着点黄绿色，在枯草里很难分辨出来。等它们把头伸进草丛，就悄悄地靠近，用木棒或者铲子敲而捕之。

吃竹鸡不用放血。利索地剥掉皮。接下来的处理方法有点脏，要把木棒弄成锯齿状，从屁眼处转着捅进去。捅到深处再猛地一口气拔出来，这样就能把内脏全都缠在木棒上带出来。最后把毛拔掉，就可以直接整只烤着吃了，美味！调味料呢，当然还是盐和酱油。

山里有很多种鸟，但绝大部分鸟都会"唰"地一下飞着逃开，赤手空拳是很难逮住的。所以我动手做过巢箱，还用青竹和藤条做的陷阱抓过好几只麻雀。

山里的天气说变就变。有时早上还是晴天，太阳升到头顶时乌云就出来了，接着就下起雨来。我也曾一边淋着雨，一边思索自己的未来将何去何从。就这样，我又翻过了好几座山。

　　昭和三十八年（1963年）冬天，新潟遭受了一场历史性的大雪，北陆地方的上信越线全线停运。死者与下落不明者共计84人。加村先生在群马及新潟的山中过着穴居生活的时期，正是那个时期。昭和三十九年（1964年），东海道新干线通车，东京奥运会的夺金狂潮令整个日本沸腾起来。在那个经济开始高速发展、全国上下充满希望的时代，加村先生正独自一人与大自然凶猛的威力做着斗争。

新潟的冬天曾是十分严酷的。在山中挖出的洞穴里，加村先生烧起枯枝，抵御严寒。

第五章　卖山菜

300 日元一堆

活着就必须得吃东西。住在山里，每天都要花大量的时间搜集食物，不同的只是在什么地方追逐什么猎物罢了。我每天都会用从家里带出来的磨刀石打磨柴刀和小刀这两件不可或缺的生活必需品。只不过离家的时候小刀的刃长还有20厘米，现在磨得只剩下短短几厘米了。

有一天，我想找点水喝，于是就下了山，看见了一条农道。这里应该是福岛县的乡下。路边有间"棚屋"，有个大妈在那里卖什么东西。纸上写着字，但我看不懂。我连初中都没读完，而且总是逃学去后山和河里玩，根本就没有正经读书写字的能力。

我注意着不被别人发现，又朝棚屋靠了靠。有开车经过的人在那里停下车来，然后走近大妈，说起了话。那人买了什么东西以后，又坐回车里开走了。

我又靠近了一点。又有一辆车停了下来。这次能听见说话声了，大妈似乎是在卖山菜。我观察了一会儿，郊游的人、看着像是观光客的人……有很多人买了山菜。再仔细一看，卖山菜的棚屋可不只这一间，沿着路边零零散散的，每隔不远就有一家小店。

我小时候从没买过山菜或者蘑菇，都是去后山采，这下我可吃了一惊。对啊，我也来卖菜吧！我用竹子和藤条编了个笋筐，用来背山菜和蘑菇。这是小时候就做过的东西，现在做起来可谓得心应手。

山菜有四处乱长的，也有集中长在一个地方的。多年山中生活的经验让我对哪里长着哪种山菜了如指掌，非常轻松地就采回了各种山菜。先去山的缓坡处摘蕨菜；接着进林子，在进去不多远的地方采紫萁；楤芽则遍地乱长，到处都能采到。

大妈们卖的楤芽不过两三厘米粗，而野生楤芽有手掌那么大。但如果因为它大就觉得味道粗糙的话可就大错特错了，楤芽越大才越香。野生楤芽应该会很好卖，这么一想，我都舍不得吃了，觉得自己吃太浪费。

没多久，箩筐就装满了山菜和蘑菇。出发卖菜时，我换上了从新潟的老爷爷那儿得到的衣服，还挺好看。毕竟不会有人想从一个脏兮兮的人的手上买菜嘛。该在哪里卖呢，我有些踌躇，不太想到山下去。那里棚屋很多，人也很多，挺可怕的。

我决定朝山上去。找个棚屋稀少的地方，能卖给偶然经过的人就行。我一路往上走，把沿途看到的山菜也都装进了箩筐。

然而山上根本就没人经过。果然，要卖菜还得下去卖，到头来我还是下了山。我下到了比之前那个棚屋众多之处更靠下的地方，这里十分广阔，停着很多车。还不停有车开进来，一辆接着一辆。这里是个停车场。

就在这儿卖吧。我捡来别人丢掉的纸箱，铺展在地上，把山菜堆在上面。周围也有其他卖菜人，大家都摆出了写着价格的纸。

我向独自一人开着车的大叔搭话。

"不好意思，我想在这里卖山菜，但是我不知道该写什么，能不能麻烦您帮我写一下？"

那位司机有些迷惑，说："那就'300日元一堆'好了。"并用粗笔写给了我。

蘑菇和山菜卖得飞快。因为我不知道菜价，所以楤芽、蘑菇、蕨菜等全都是按"300日元一堆"的价格卖的。现在想想，全部卖光后，应该赚了好几千日元吧。手里拿着一大堆钞票和硬币，心情舒畅极了。于是我开始了每天采摘山菜和蘑菇拿去卖的生活，写着"300日元一堆"的纸也一直在用。

其他棚屋的人一到雨天就会收摊，而我，雨天也照常开张。我还要感谢雨天，因为只有雨天，新鲜的山菜和蘑菇才会接二连三地冒出头来，每次我都会采很多。

春兰的花

钱越存越多了，但是我既搞不清钱的价值，也没地方花。真是白白糟蹋了宝贝啊，不过我想着总会有派上用场的时候，就把钱都仔细地藏在了登山包里。

一天，我一如既往地进山采了山菜和蘑菇摆摊卖，一位买菜的大叔向我发问。

"这附近有春兰吗?"

"春兰?"

当时,我并不清楚他说的那个是什么东西,听着似乎是一种兰花。大叔给我展示了一种美丽的红花,说:"这个就是春兰的花。"我这才想起来:"啊,这不就是小白死的时候,我在墓上种的花嘛。"

大叔说:"虽然普遍都是白花,但也有开红花的哦。红花可是几千株里才出一株的珍品。"

可是,我经常见到野生的红花啊。

"红花多的是,山里到处都开着呢。"

"那,你能摘一点来吗?真能摘来的话,要多少钱有多少钱。"

次日,我如约连根采来了大叔要的春兰红花,卖给了大叔。他一脸的难以置信,十分感激。

"太厉害了!想要这种花的人多少钱都出得起,多摘些来吧。"

受大叔之托,我去采了好几次春兰。大概采了20株吧,大叔以一株15000日元的价格买走了。刚收到钱的时候,我吓了一跳,居然给了我好几沓钞票。为什么要给我这么多钱啊?

又一次进山摘花时,我碰上了另一个偶尔会进山摘这种花的男人。那人也问我,这附近有没有开着春兰。正巧,我背着的箩筐里就装着很多株。

"你要把这些拿哪儿去?"

"会有熟人来买。"

"多少钱卖的?"

"一株15000日元。"

"啥?!才15000日元?!你小子傻吧,要是我的话能出三倍以上的价钱哦。"

我大吃一惊。15000日元就够吓人了,居然还能出三倍价钱。

"你被坑了呀,小子。"

听了那人的话,我再也不想卖给大叔了。于是就当场把箩筐里的春兰卖给了那人,真的每株给了我40000多日元。他说还想收更多,就和我约好了下次也卖给他。第二天,我去了约好的地点,他还给我带了饭团。其他日子里也给过我便当。对于当时的我来说,比起钱,反倒是这些更令我开心。他总是"小鬼,小鬼"地叫我,对我照顾有加。

为了春兰红花,我每天都起个大早在山里四处走动。其实红花真的没有我以为的那么多,那段时间以后,我就再也没有找到过。

这里已经待不下去了。那时，我产生了这个念头。而且我住的洞穴附近已经开始有登山爱好者出没了，是时候去其他地方了。在福岛度过了好几个冬天之后，我下定了决心。

钞票捆

说是要下山，但我也没打算到城里去。我又翻过了一座山，一个劲地朝前走。想去更远的地方，想在新的山里生活。

途中，曾几次和登山者们擦肩而过，这促使我不断向山的更深处进发。翻过了某座山之后，忽然看见了一条混凝土路。时不时会有我从没见过的、轮胎巨大的车开过。路特别宽，我沿着路走了很久，到底走了多远呢？只记得当时太阳已经开始西下了。这时，我眼前突然出现了一大片开阔的空地，停着很多车。不过这里和我卖山菜的停车场好像有点不同。有几家商店一样的建筑，我想去那里看几眼。

那里是公路服务区，不过当时我完全不知道那是个什么地方。只是注意到所有人都下了车，买了看上去很好吃的东西，吃吃喝喝。

我也想吃点什么……钱我是有的。可是,我不知道该怎么用钱。我观察了好一会儿其他人是怎么买东西的,但我完全弄不明白哪张钞票有多少价值。不管了,我要试着买点东西。

商店的货架上摆着很多袋装、盒装的点心,我分不清哪个是什么味道的。盒子上写着很多东西,但我看不懂。

我从里面挑出了一盒红色包装的点心。正在犹豫该给售货员哪张钞票的时候,售货员阿姨问我:"怎么了?"我从夹克的口袋里取出一张钞票,交给了她。我没有钱包。卖山菜、蘑菇和春兰赚来的钞票都用藤条扎成捆,硬币就直接塞口袋里。

"谢谢惠顾。"

听到售货员阿姨这么说,我便拿起点心往外走。这时,"客人!"阿姨突然叫住我。怎么,不行吗?是这张钱买不了东西,还是没给够?我到底做错了什么……

"客人,找零!"

阿姨追了过来,又塞给了我几张钞票和多到拿不下的硬币。

"这些钱,我能收下吗?"

阿姨被我问得一脸茫然,而我是真的吓了一跳。明明只给出去一张钞票，结果居然换来了好几张钞票和一堆硬币。现在想想，当时我应该是用一张万元钞票买了几百日元的点心吧。不过那个时候的我可完全想不通。

我把找零得到的钞票和带来的钱一起重新捆了一遍。我是在停车场旁边做这件事的，周围路过的人纷纷目不转睛地盯着我看。我毫不在意，按种类把钞票分别捆好。钞票捆叠在一起，已经厚到单手都抓不住了。看着钞票捆一点一点地变厚，心里有一种奇妙的快乐。

接着，已经饿得前胸贴后背的我走进了食堂，必须得在入口处确定吃什么。这里有很多种吃的，但我的目光被一位大爷正在吃的东西吸引了，那是种我没见过的黄色食物，好像很好吃。"请给我来一份一样的。"我说。那种食物名叫咖喱，刚吃第一口我就震惊了。好吃是好吃，但也太辣了。辣得我"嘘——嘘——"地喘着气，连喝了好几杯水。咖喱里混有土豆和胡萝卜，还放了猪肉，非常美味。不过肉要另说，我在山里捕来吃的野猪肉和兔肉可远比这猪肉要香。

黄色水果

我又进了一家商店，想置办些夜里吃的东西，买了五六个稍微有点硬的面包。货架上摆满了各种饮料，很多人都在这里买饮料。我也有样学样。

把买来的面包和饮料装进登山包，我又回了山里。已经不用操心食物了，我开始寻找睡觉的地方，也没忘了搜集树枝和枯草。虽然只不过是在山的斜面挖洞，但也得找个看着比较顺眼的地方。

挖洞用的是离家时带的那把铲子，一直用到现在。迄今为止，不知挖了多少洞。我掌握了挖洞的诀窍，现在挖起来已经不需要花太多时间了。

食物不缺了，也就没必要在山里到处找野猪和兔子了。白天，我就无所事事地在山里散步。散步的时候我会把所有行李都塞进在新潟认识的老爷爷老婆婆给我的大登山包里，手上拿着铲子。住过一次的洞穴，不会再回第二次。

食物吃完了，我就下山买。

只要下到马路上，沿着路总能找到有停车场的商店。

有一天，我走到商店附近，突然闻到一股很香甜的气味。我的鼻子可灵了。店门口有各种蔬菜水果在卖，大萝卜、胡萝卜、葱、番薯、土豆、山菜、蘑菇……其中有一种我没见过的水果，黄色的、形状细长。它就是那股甜味的源头。

"那是什么啊？"我一动不动地盯了好一会儿。有客人下车去买那种水果。一定很好吃吧，我也去买一点好了。

"请给我这个。"

我再次拿出钞票捆，把最上面的那张钞票递了出去。

回到山里，我连着皮尝了尝，太香甜了！那从未品尝过的美味感动了我。那种水果的名字叫作"香蕉"。

在山里生活了那么久，我只吃到过一种甜的东西，那就是蜂蜜。蜂巢一般搭筑在岩壁微微凹陷、不会被雨淋到的地方，各座山中都很常见，大小有70到80厘米。得从稍微有些距离的地方用长树枝或长木棒把蜂巢敲落，这样，蜜蜂就会全部飞出来。这时如果在蜂巢附近就会遭到蜜蜂的反击，所以还是尽量离远一点，暂时按兵不动。估摸着蜜蜂要开始回巢了，就把草或树枝点燃，接下来只要看着烟飘入蜂巢就好。

蜜蜂讨厌烟，有些蜜蜂只要吸到烟就会逃出巢去。眼看时机差不多了，就过去大手一抓，把留在蜂巢里的蜂蛹都掏出来。蜂巢里满是蜂蜜。用手把蜂蜜全都掬起来，舔上一口，那可真是美味得受不了。这样的我应该挺像一头熊吧。蜂蛹就烤着吃了，也很好吃。

自蜂蜜之后，这还是第一次吃到甜食。我一下子爱上了香蕉，吃完了就再去那家店买。

不过有一天，买回来的香蕉有点青、有点硬，并不好吃。怎么回事，这没法吃啊，我就把它扔在了洞里。过了三四天，食物都吃完了，我肚子很饿。但是出去弄吃的又很麻烦，懒得动。这时，我瞧见了放在那儿没管的香蕉，不知不觉间已经变成黄色的了，现在应该能吃了吧。这次我试着剥了皮吃，比连皮吃的时候好吃太多了！此时我才知道，原来香蕉是应该剥了皮吃的。

头一次买一种橙黄色水果的时候，我一开始也是连着皮吃。后来看到有客人在店里买来后当场剥了皮吃掉，才知道原来吃的时候要剥皮啊。那种水果就是橘子。

有什么想吃的东西，就用卖山菜和春兰赚来的钱去山下买。这样的生活到底持续了多久呢？我记得度过了好几个冬天，应该是一段非常漫长的年月吧。

钞票虽然还是用藤条扎成捆，但不知不觉间已经被保管在购物时收到的塑料袋里了，权且当作钱包。此时我已经明白了万元钞、千元钞、五百元钞之间的区别，也能数得出硬币的面额了。

钱越用越少，为了尽量不再花钱，我又开始靠捕食兔子和野猪凑合着填饱肚子，渴了就下到河边喝水，看见新长出来的蘑菇和山菜就采了拿去路边卖。总之，我又存了不少钱。

一段时间之后，存款再次达到了四五万日元。我又一次决定该去别的山里了。

昭和四十一年（1966年），加村先生20岁了，当时是纯咖啡厅的全盛时期。一杯咖啡80日元，一份吐司70日元，情侣两人只需300日元就能享受一次充实的约会。追求女友或男友、迷你裙、校园民谣、保龄球……年轻人们讴歌着各自的青春。另一边，此时的加村先生翻过了一座又一座山，在福岛的山里卖着山菜。加村先生孤身一人在洞穴中迎来了自己20岁的生日。

曾经不知香蕉为何物的加村先生。刚开始,他不知道香蕉的吃法,直接连皮一起啃。香蕉至今仍是他的心头好之一。

第六章　自杀未遂

一"家"之貂

不知道我一天能走多远的山路,有时会连着走上两三天。太阳上山就起来,太阳下山就在洞窟或者自己挖的洞穴里睡觉,这样的生活已经持续了 10 年以上。我虽然才 20 多岁,但是头发里已经开始夹杂着白发了。

在山中徘徊,偶尔会发现农道。一天,我在农道上走着走着,走到了一片牧场,牧场里放养着很多牛和马。旁边的田地里,长着一种绿叶前端有茶色须须的蔬菜。那是什么啊?

我正目不转睛地看着那种蔬菜，在牧场里干活的大叔突然朝我喊话。

"拿几根走好了。"

就算让我拿几根走，我也搞不清这到底是什么啊。

"这个，是什么？"

"这是玉米。你不认识？"

牧场里的大叔告诉我这是喂牛用的玉米，还教给了我剥皮的方法。那是在山梨一带。我向大叔道了谢，带着大叔给我的5根玉米回到了山里。

那时我还是住在山的斜面挖出来的洞穴里。我找来树枝，生起火，按大叔教我的方法把皮剥掉，烤起玉米来。不行，好难吃啊。酱油已经用完了所以没加酱油，但我觉得并不是因为这个。这玉米本身完全没有甜味。以前在洞窟里吃的蝙蝠已经很糟糕了，这玉米简直和蝙蝠难吃得不相上下。

从洞穴往下走不多远就有很多农家。看到田地时，时不时地会被大叔大妈们叫住。萝卜、卷心菜……他们会塞给我各种蔬菜。我也开始试着拜托农家的人说"请给我一个"，一次都没有被拒绝过。但自作主张拿走的话可就是小偷了，这种事我从没做过。因为只要找他们要，他们就一定会分给我。大家都是善良的人啊。

一次，我看到有种我没见过的食物堆成了堆。那是一种横向比纵向要长的椭圆形水果，里面是黄色的。我特别想尝尝这种水果。

我请求旁边的大叔，希望他给我一个，结果大叔直接给了我5个。我把它们装进登山包，回到山里后尝了一尝，真是香甜可口，还十分解渴。这种水果是小玉西瓜。

那段时间，我还交到了意外的朋友，是一家貉。开始只有一只貉，它在我的洞穴附近乱转，看它挺可爱的，我就放下了一块肉干，但它完全不吃，似乎还保持着警戒。我便把肉干扔到了稍远一点的地方，过一会儿再回来看时，肉干已经无影无踪了，应该是不知什么时候被它吃了个精光吧。不过只要把肉干放在洞穴边上，它就绝对不过来。于是，我把肉干扔在了比刚才放的那里稍微离洞穴近一点的地方。貉战战兢兢地靠近，又把肉干给啃干净了。

此后的三四天，那只貉每天都会来。我则用饵食一点一点地把它往洞穴这边引。可能是安心了吧，一周以后，它就已经变得能在我脚边吃肉干了。

我吃过很多种动物，但我从来没有动过要把那只貉给抓住吃了的心思。或许是因为小白不在了我很寂寞，想要一个能够敞开心扉的伙伴吧。不久后，那只貉甚至已经可以和我一起睡觉了。不过貉实在是臭得惊人，比好几年没洗过澡的我还臭上几倍。

有一天，它又带了别的貉来，好像是只母貉。我就连母貉一起喂了。本以为自己已经完全习惯与两只貉相处了，没想到这次居然又多了两只小貉，是它们的孩子，我吃了一惊。终于，它们一家四口都搬到了我的洞穴，一起睡在我的身边。

我走路时，身后会有四只貉一只接一只地排成整整齐齐的一列跟着我。我一喊"来，来"，它们就会发出"咕——咕——"的叫声，向我撒娇。两只小貉还会爬到我的膝盖上，摸它们的头也不闪躲。因为它们太可爱了，我便把它们抱了起来，但那臭味果然还是受不了啊。

洞穴里充满了貉一家的气味，简直臭不可闻。我败下阵来，打算再次搬家。但不管我走到哪儿，貉一家都会跟上来。我只得全力逃跑，跑到实在跑不动了才停下来，双手撑在膝盖上喘着粗气，回头一看，已经没有貉一家的踪影了，到底还是放弃了啊。我突然觉得它们有些可怜，没过多久，一股寂寞之情涌上心头，此情此景，我直到现在都还记得。

_085

熊的袭击

　　就这样，我又在别的地方挖了洞穴，做了床。

　　偶尔还是会有农家的人分我一些食物，但只靠别人给的东西是没法果腹的。所以搬到山梨的山中之后，我就开始吃起了昆虫。昆虫里，独角仙幼虫尤其好吃。啾啾地一吸，就能尝到牛奶般的美味。

　　有一天，发生了一起"事件"。那是我正在采蘑菇的时候，记得太阳在我的头顶正上方，当时应该是正午。

　　竹林里传来了嘎吱嘎吱、沙啦沙啦的声音，而且那声音还在一点一点慢慢靠近。怎么回事？山中生活的直觉告诉我，这个声音绝不寻常。应该是有一只大得不得了的野兽就在附近。我朝声音传来的方向看去，看见一个黑黑的大家伙站在那里。是牛吗？它的脖子附近是白色的，所以一开始我以为是头牛。不对，这地方不可能有牛啊。那它到底是什么呢？

　　黑家伙双足直立起来，一动不动地朝我这里望了过来。

　　我吓得退后了几步，黑家伙突然又趴了下去。紧接着，它一路扫倒挡路的竹子，以极其恐怖的气势唰唰唰地向我冲来。

是熊！

"天哪！"

我吓坏了，拼了命地逃跑。但是它的速度惊人，紧追不舍。我奔上山的斜坡试图逃离，却发现与熊的距离已在不知不觉中越缩越短。

于是我转而飞一般地冲下山坡。熊很重，下起坡来没那么灵便，我借此又拉开了一些距离。但是它还在身后追着，被追上的话要被咬死的。我可不想死在这种地方！我不要被熊咬死啊！

在确认着与熊之间真的拉开了距离的同时，我急中生智，找起树来。就这棵了！我看中一棵枝干较粗，树枝繁密且伸展的树，拼命爬了上去。

追到树下的熊用爪子晃起了树。接着，它也开始往上爬。

"吼——吼——吼——吼！"

我甚至能听到熊那剧烈的呼吸。它嘴里喷着飞沫，爬了上来。

我只能往上爬，再往上爬。爬到大约5米高的地方，用腿钩住一根粗壮的树枝，像蝙蝠一样倒吊在树上。背上的登山包敞开了，包里的行李七零八落地掉了下去，但是熊看都不看行李一眼。看来是吃定我了啊，它借着势头爬了上来。

我倒吊在树上,手握柴刀,等着熊上来。

熊的前掌几乎就要够到我的头了。

"嘿!"

我死盯着熊的前掌,狠狠地挥下柴刀。那一瞬间,熊的腕子飞上了天。

"嗷——!"

熊发出一声凄厉的悲鸣,直直跌了下去。它立刻爬了起来,以和追我的时候差不多的气势逃进了山的深处。

得救了……心脏咚咚地高响着。我惊魂未定,在树枝上呆坐了好一会儿。

下树一看,那只被我用力砍断的前掌就掉在地上。好大!比我的手大好几倍,还有长长的锐爪。听说熊袭击猎物的时候爪子会伸出来,原来是真的。要是被这爪子抓一下铁定当场毙命!我鸡皮疙瘩都起来了。得赶紧离开这里!我匆匆忙忙地翻过了这座山。

上吊

初秋,山林染上秋色之前,我开始了迁徙。既不热也不凉,正是赶路的好季节。

翻过一座山时，有时是登上山顶，沿着山脊走到相邻的山，有时则是顺着山沟进入其他山。不管山峰多么险峻，只要沿着兽道走，大多数时候都能轻松地翻过。不过我可无暇去欣赏风景或是为蓝天而感动。能捕捉到什么，能采摘到什么，我的脑海中尽是这些与进食相关的问题。

翻越一座又一座山的时间里，有一种情绪逐渐在我心中蔓延开来。我这是在干什么啊？我到底是为了什么而活着呢？我真的有生存的价值吗？我……

我已经开始厌倦这样的生活了。只要还在山里，就得每天战战兢兢地提防着那些吓人的动物。可是呢，离开山里的话，又会在意起他人的眼光来。家肯定是不想回的。这样的我，到底算什么啊？每天都很空虚。有一天，我终于意识到，小白不在了以后，我甚至忘记了该怎么去笑。

小白不在了，我失去了倾诉的对象，失去了可以一起嬉戏玩闹的伙伴，已经开始厌倦这个世界了。

再活下去，也没什么意义了吧……

想死……嗯，死了算了……

我在山中徘徊，寻找能用来上吊的树。找到之后，我切断一根藤条，用它一圈一圈地缠住我的脖子。然后就这么爬上树，将藤条的另一端系在了树枝上。只要这么垂下去就一了百了了，就轻松了，就能去小白那里了……我一脚踢倒了用来垫脚的石堆。

好……难……受……

藤条猛地缩紧，嵌进了我的脖子。

下一个瞬间，咚！树枝"啪"的一声折断，落了下来，我也结结实实地摔了个屁股蹲儿。我剧烈地咳嗽起来，痛苦地拼命挣扎，满地打滚，接着呜呜地哭了出来。就连死都死不好，我对这样的自己感到不齿，仿佛连小白都抛弃了我。

很长一段时间里，我动弹不得。以后该怎么办啊？活在世上，也许尽是痛苦之事。不管做什么，都不会有好事发生吧，就算活着也没什么意义了。果然，还是得死。

下次不想再失手了，得好好地找个死得成的地方。去哪儿才死得成呢？哪里？该去哪儿啊？……

我又踏上旅程，寻找着自己的葬身之地。不知道走了多远，也不记得是白天还是晚上。我看见了一条农道，路上有车开过。

我想解个手，于是进了一家很像公路服务区的商店。在厕所的镜子前看着自己的脸，我惊呆了——铁青铁青的，而且脖子上还有一道藤条绑过的瘀痕，十分醒目。任何人看了都能知道我上吊过，我打心眼里觉得死都死不成的自己实在是太可悲了。

富士的树海

停车场里停着一辆卡车。我心意已决，便去向司机搭话。

"请问，能不能把我带到个可以寻死的地方呢？"

大概是觉得我在开玩笑吧，司机笑着告诉我："我要去富士山一带，寻死的话到富士山脚下的树海里就行。"

"那就麻烦你了。"

我坐进了司机身边的位置。果然，司机似乎并不觉得我是真心实意地想死。还在笑着跟我说些什么诸如那片树海是自杀圣地，踏进树海一步就再也出不来了，树海里到处都有自杀者的遗体之类的话题。

"在这儿放你下来行吗？"

已经能看见富士山了。

"谢谢你。"

我低头道谢，问了前往树海的路后，便下了卡车。

树海一片漆黑，静得让人心里发毛，时不时会让人隐约觉得听见了不知从何处传来的鸟叫。草很茂盛，道路若有若无,有一种潮湿而阴郁的感觉。这次不能再失败了,我就要死在这里。

我寻找着自己的葬身之地,渐渐步入了树海深处。不知走了多远,突然,抬头朝树上一看,不远处的树枝上垂下来一段结了个圈的绳子。啊,有了这根绳子就不用去找藤条了。我就死在这里吧,我向绳子走去,站在正下方仰视着绳子。这样就死得掉了……就在那时,我无意间扫了一眼脚下,一个女式手提包和一双鞋子映入了眼帘。旁边还散落着破破烂烂的衣服。

为什么只有衣服、鞋子和包掉在这里?我感到奇怪,于是环视了一圈周围,看见附近有很多白色石头一样的东西——人的骨头。长的骨头、短的骨头、碎的骨头……不过唯独没有头骨。我在意起来,找了一下,才发现头骨已经滚到了树后。真可怕啊,原来死了以后会变成这副模样!我起了一身鸡皮疙瘩,两腿瘫软,再也走不动了。

仔细一看,还有长长的、头发一样的东西缠在树枝上,随风摆荡。没来由地,我觉得她十分可怜。痛苦地活着,实在走投无路了,才进了树海上吊寻死的吧。本以为这样就轻松了,结果身体却变成了这副七零八落的样子……

我不知道她是谁,来自哪里,但我却因她而悲痛不已,难过至极。太可怜了，太可怜了，眼泪根本止不住。

我把所有的骨头都收集在了一处，衣服、手提包和鞋子也一样。心里是害怕的，但不知为何，我并不觉得恶心。我捡了几块石头堆在那里，姑且算是做了一个墓，然后双手合十。

树海里有很多巨大的熔岩，它们的间隙会形成洞窟似的地带。我就在那里生起一堆火，取着暖入睡。在那之后又度过了多少个夜晚，现在已经记不清了。

我整天在树海里彷徨，却就是死不成。几天之后，我又见到了一具上吊者的尸体，好像刚死没几天。那是一位大叔的尸体，样子十分恐怖——一只眼睛的眼球掉了出来，垂在眼眶外；另一只眼的眼球已经没了。肯定是被乌鸦从眼眶里叼走的，因为眼睛是人身上最柔软的地方。

大叔身上几乎没有伤痕，穿着一件夹克，和刚死的时候别无二致。我伫立良久，一直看着大叔的尸体。说不上为什么，但就是移不开目光。青色的鼻涕从鼻子垂下，裤子前面湿了，大小便也流了下来。附近的气味非常难闻。

我这才明白，上吊之后会有各种各样的东西从身上所有的洞里涌出。原来还要遭受这死一般的痛苦。想到这里，我开始难过起来。我想让大叔好受一点。他上吊的那棵树已经被他尸体的重量压弯了，高度连 2 米都不到。如果能挺得笔直的话，我觉得那棵树恐怕得有 3 米高。我站在尸体下方，抱着腿，把缠在他脖子上的绳子切断，轻轻地把大叔放了下来。

好重。尸体已经变硬了，全身各处都没法弯曲，仿佛被冻成了硬邦邦的冰块。我抱着尸体，缓缓地放倒在地上。接着在尸体两侧堆了些石头，把树枝架在石头上，好把尸体遮盖住。

"大叔，成佛去吧。"

双手合十之后，我再次出发。

卡车司机

目睹了两具尸体之后，我才切身体会到死真的是一件很可怕的事。不管活得多么痛苦，也不应该自杀。我拼命地走着，想要尽早脱离这片树海。已经彷徨了好几天，我强忍着已经接近极限的睡意，继续向前走。想早点走出这片树海，哪怕早一分一秒也好。几天后，一条细细的小路出现在眼前。路上有轻型卡车似的车子来来往往。很快，又有小轿车开过。我飞奔到路中间，张开双手拦车。

"我迷路了,麻烦把我带到尽可能远的地方。"

"去不了多远的地方哦。"

"你要去哪儿?"

"我去御殿场。"

司机好像对我有些莫名的敬佩,说什么"一般来说,进了树海是出不来的,你可真行啊",还说我运气很好。原来如此,怪不得我在路上拦车的时候,每辆车都是猛地加速从我身边开过。确实,在树海的路边,走出来个衣着破破烂烂的人拦车,所有人见了都会觉得不舒服吧。

而且我的头发已经稀疏得几乎能见到头皮,所剩无几的头发里还夹杂着白发,胡子倒是长得很凶。司机居然还真敢让我这样的人上车啊……

想到这里,我心中充满了对身边这位和蔼可亲的司机的感谢之情。

我在名叫御殿场的城镇下了卡车。很多人在街上走,那儿还耸立着很多高大的建筑物。我有生以来第一次见到这样的地方,总觉得有点害怕,想回山里去。于是我又找了辆卡车,逃跑似的离开了这座城镇。

司机说他要去茨城,我便拜托他"请在茨城随便找个地方把我放下来"。

"行啊,不过,途中你得多多帮我卸货哦!"

真是个爽快的司机。路上,他时不时地和我聊些钓鱼的话题。还告诉我如果要在茨城钓鱼的话,小贝川是个好地方。

对啊!我还可以钓鱼啊。在山里生活了这么久,早把钓鱼这回事忘得一干二净了。明明小时候经常在附近的小河里抓鱼玩来着。好嘞,下次就去河边靠捕鱼生活吧。就去那个名叫小贝川的地方好了。

那辆卡车有一个惊人之处,就是驾驶座的后面居然铺着被子,变成了一张床。还有这样的车啊,我吓了一跳。

"我可以躺一下试试吗?"

"不行不行,你啊,太臭了。"

说得没错,我确实臭得不得了。自从在新潟的老爷爷老婆婆家里洗的那次澡之后,我已经很多年没洗过澡了。老两口给我的衣服我一直穿着,不过裤腿已经变得油油亮亮、破破烂烂了。

"说真的,你啊,太臭啦!"

司机捧腹大笑。一边说着,一边递给我一支烟。

"来一根!"

烟递到了我面前。

"我没抽过烟。"

"没事的,抽一根试试。"

把烟点着,我狠狠地吸了一口。

"喀……喀……"

我剧烈地咳嗽起来。眼前天旋地转,头也晕得不行。不过确实有一种飘上天空的感觉,还挺舒服的。吃的饭全是司机请的,作为回报,他让我帮他卸货。我们在沿途四五十个地方配送了货物,一路朝着茨城的小贝川驶去。

加村先生从福岛迁移到群马、山梨的山中应该是在昭和40年代后半期(1970—1974年),在加村先生作为生活据点的这些山里,发生了形形色色的事件。昭和四十六年(1971年),发生了大久保清连续施暴杀害妇女事件。大久保清将被他杀害的女性们的尸体遗弃在群马的山中。昭和四十七年(1972年)发生了联合赤军浅间山庄事件。过激派学生们的据点所在地,也是群马县的山中。顺便一提,在菲律宾卢邦岛被发现的前日军士兵小野田宽郎先生最终回到阔别30年的祖国,是昭和四十九年(1974年)发生的事情。另外,加村先生则在这一年迎来了自己荒野求生生活的第十五个年头。

照片里正是加村先生一边想着自杀，一边彷徨于其中的富士树海。在此处留下的记忆鲜明而强烈，他直至今日仍会梦到。

第七章 捕鱼

川鲑

司机好像是个钓鱼爱好者。我说起了自己小时候在家附近的小河捕鱼的故事,他听得津津有味。

聊着聊着,我也想要一支钓竿了。于是就告诉司机我想在到达小贝川之前找个地方买支钓竿,拜托他把我捎到店里。司机听了很高兴,带着我去了一家位于栃木县喜连川町(现在的樱市)的钓具店。钱的话,我还有卖山菜赚来的压箱底的40000日元。不过司机说他给我出。他给我买了竹制的重钓竿、钓钩、仕挂,甚至还买了一种名叫红虫的鱼饵。

"我明明有钱的。"

我给他看了我的 40000 日元。

"你啊,还挺富裕的嘛。不过这些钱你就好好存着吧。"

真是个好人啊。

喜连川町外面不远的地方有一个温泉,温泉附近已经成了露营地,我就在那里下了车。因为我一眼就喜欢上了那片绿意盎然,还有小河流过的地方。不去小贝川了,就在这里住一段时间吧。

我把崭新的钓具在面前一字摆开。工具是有了,但我不知道该怎么用,毕竟我小时候捕鱼时基本全是靠空手赶鱼的。倒不是没钓过鱼,不过从来都没有买过钓具。鱼线用的是和绑水泥袋口的粗棉线差不多的粗线,钓竿是从山上砍来的竹子,铅坠用的是石头或者把牙粉管一圈一圈卷成的小团,鱼饵是蚯蚓。总之就是手边能搞到什么就用什么,所以才不知道该怎么用花钱买来的工具。不过分别的时候,司机手法娴熟地帮我装好了仕挂。

喜连川附近的小河边,我头回试着用新买的鱼竿钓鱼。

好嘞,开钓喽!我甩出鱼线,立刻就有鱼咬钩了,轻而易举地钓上了一条名叫川鲑的鱼。仿佛瞬间就进入了怎么钓怎么有的状态。我把川鲑烤来尝了尝,还挺好吃的。

旁边的露营地里有很多人，大家都吃着烤肉，其乐融融地喧闹着。在附近钓鱼的时候，会接连不断地有人端着盛有烤肉的盘子走过来。所有人都大方地说："来吃点，来吃点。"不只烤肉，还会分给我烤蔬菜。借此机会，我学到了这种在户外把食物烤着吃的吃法，叫作"BBQ"。

我打算在河边上建一座小屋。河边有很多木料。沿着河朝下游走，我捡回了很多看起来还能用的木料和木棍。很多木料都吸满了水，所以变得很重，不过我对自己的力气还是有信心的。木料、木片等东西都收集完了之后，我又进了旁边的山里，尽可能多地砍了些藤条回来。

把四根木材摆在一起，统一用柴刀砍成比我身高略低一点的长度。留出差不多一块榻榻米大小的地方，把那四根木材立在四角处，再把其他木材往侧面填。因为没有钉子，所以只能用藤条绑紧。藤条是很坚韧的，哪怕悬挂着一个身材高大的成年人也不会断掉。接下来得去找用在屋顶上的稻草。这一带有很多农家，所以我觉得去下游看看肯定能找到稻草，说去就去。其实不管哪条河都差不多，总是有各种各样的东西随波漂到下游。

不出所料，果然有稻草。我把四散在周围的稻草捡起，抱了回去。为了下雨天不让雨水流进屋内，用来做屋顶的木材得斜着堆起来，再用藤条捆好，然后把稻草盖在上面。地上也要铺一层稻草。

这样，我的小屋就建好了。虽然只是间到处漏风的小破屋，不过这次至少不用住洞穴了。

走到河边，垂下鱼线。上次像这样望着河打发时间，还是我小时候的事情。我突然感到了一种不可思议的清爽。

我回忆起从前，试着做了一个赶鱼的陷阱。在浅滩里堆起石头摆在一起，做出一道堤坝。然后下到及腰深的河里，站在堤坝对面，双手猛地拍打水面，弄出很大的声响，受了惊的鱼就会逃进堤坝陷阱里。用这个方法，我又轻松地捕了很多条川鲑。

我打算用在山里学会的卖山菜的方法去卖鱼。就往捡来的篮子里装了大量的鱼，扛在肩上进了城。然而奇怪的是，城里人何止是不买啊，就连看都不看一眼。我向一位大妈打听这是怎么回事，大妈告诉我"川鲑什么的，猫狗都不吃"，我惊呆了。川鲑明明这么好吃，在城里居然是一种没人吃的鱼。

烤肉便当

卖山菜赚来的钱渐渐用得差不多了。我向正在种地的老大爷搭话。

"不好意思，请问您需要帮忙吗？不用给我钱，给顿饭吃就好。"

似乎全天下的农家都缺人手，很多农活全靠老人家在做。虽然我脏兮兮的，不过有这么个壮劳力能负担体力活，大家都很开心。插秧的时节我就帮着运稻苗，割稻子的时节我就帮着扛割下来的稻子，也会帮忙耕田。尤其是到了收获期，能帮着干活的人简直被视若珍宝。

没有农活要帮时，我就去附近的小河钓鱼。偶尔会钓到口细，那就能好好地开一次荤了，口细真的很美味。地方不同对这种鱼的叫法也不同，这一带叫它"持子"。

捕不到鱼的时候，我经常吃赤蛙。和以前在山里时一样，抓到后剥了皮烤着吃。小河边还会有小鸟造访。早春时，会有树莺飞到小屋附近，它们的叫声在我听来很像是"不关我事"。总觉得它们好像在捉弄我，这让我有点恼火。也会有翠鸟飞过来，那可真是种漂亮的鸟。它会静静地停在河边的草木上，一有鱼过来就瞬间扎进水里，干净利落地叼起鱼扬长而去，精彩极了。

钓不上鱼的时候，有时会连着四五天都吃不到任何东西。那时，整个人都变得东倒西歪的，只能靠喝河里的水硬撑。

心里是想要往前走的，但是身体却不听使唤。

还经历过这样的事：我沿着河边走着，突然就瘫倒在了路中间。倒下之后，就连想要继续前进或者至少动弹一下这类的念头都没有了。实在不想再走了，就这样待着好了……

每个人路过时都会停下车，摇下车窗问一句"怎么回事，不要紧吧"，不过问完之后又都离开了。在路中间可能会被轧死的，于是我只好爬到路边躲开车子。

过了一会儿，附近派出所的一位巡警先生走了过来，岁数已经相当大了。他把我带到了派出所，询问了情况。不过，我就连回答他的力气都不剩了。

"肚子饿了吗？你等一下。"

说完，巡警先生就出去了。我一个人靠在派出所的椅子上，脑子完全没法思考，一动不动地等待着。

不久，巡警先生回来了。

"这个，吃吗？"

他出去给我买来了便当和茶。打开便当盒，是香喷喷的烤肉便当。我一口气就把便当吃完了，风卷残云一般。

"喂喂，你吃得这么急，可是要噎住的哦。"

巡警先生笑了。他没有问我的姓名和住址，应该是觉得我横竖也不是个正经人吧。

"吃完了就走吧,可别干坏事哦。"

巡警先生的话虽然不客气,但非常温暖。直至今日,我都没有忘记他的那张笑脸。

不管在河里捕到什么鱼,基本都卖不掉,这样的生活还在持续着。

一天,有个婆婆对我说:"到小贝川那边也许就能卖掉了。"

听了她的话,我决定前往小贝川。于是我一路或是露宿河边,或是住在自己挖的洞穴里,慢慢地向小贝川靠近。

桥下生活

到达了小贝川上游。我在桥下做了一张床,用的是掉在河边的纸箱。身体钻进箱子里,能起到防风的效果,还暖和。觉得后背很冷的时候,就用小刀把泡沫塑料切成板状铺在下面。这样一来,冷气就进不到身子里了。

附近蛇很多。不过,和生活在山里的时候不同,就算看到蛇,我也不会想着去吃了。小贝川沿岸有很多樱树。有一次我正望着岸边的樱花,突然看见一条青大将(即日本锦蛇)

盘在树上。尾巴挂着树,身体不断摇晃着,正在蜕皮。

可是,青大将蜕皮蜕得有点不顺利,看起来是陷入麻烦了。于是我就过去帮着扯它的皮,想协助它蜕皮。这下可好,它生气了,发出"咝咝"的声音,转过头,猝不及防地咬来,正好咬在我的手上。

冲水厕所,是我来到小贝川后才初次体验到的事物之一。有一天,我走着走着,肚子突然疼了起来。平时都是在河边的草丛里解决的,但这次不巧,我在四周没找到合适的地点。没办法,只好跑进附近的农家,借厕所一用。那家的厕所是和式的,所以我就蹲着解完了手,但没想到那并不是我所知道的旱厕。这下该如何是好?我扯了很多纸拿在手上,想把拉出来的东西推进厕所的洞里,可是没能如愿。糟了糟了,又不能就这么若无其事地出去。我在厕所里待太久了,家里的人便咚咚地敲起门来,问我:"怎么啦?"

没办法,我只好就这么出了门。

刚出去,阿姨就说:

"你啊,怎么能不冲水呢!"

"冲水,要怎么冲啊?我搞不明白。"

"啊?你说啥呢?"

阿姨告诉我只要拽一下从天花板上垂下来的绳子就能冲

水了。我试了试，水流哗啦一下猛地冲了出来，瞬间就被吸进了洞里。

小贝川的河边还住着狐狸。小贝川每年都要烧野草，就像烧荒似的，每到那个时候，狐狸就会蹿出来。尾巴大大的，嘴特别尖。应该是怕被烧死才出来的吧。它们越过堤坝，朝农田的方向跑去。

小贝川里不只有川鲑和持子，还有很多种鱼。和喜连川的小河不同，在这里捕到的鱼都惊人的好卖。

临时监督员

一天，我碰上了一个出乎意料的问题。原来小贝川是不允许随意捕鱼的，得有一种叫渔业证的东西。

我正一如往日地在老地方钓鱼，渔业工会的人神色大变地走了过来。问我："你有渔业证吗？"我头回听说这个词，于是反问他们渔业证是什么，他们说如果想在这里钓鱼，就必须先花钱取得渔业证。

可是，我已经没钱可花了，而且我钓的鱼基本上都是自己吃。如果不是每天都钓鱼去卖的话，其实是存不了多少钱的。

"没有渔业证的话就别在这儿钓鱼了。"工会的人一个接一个地过来,怒斥我一通之后又一个接一个地离开。但就算被这么说了,没钱交就是没钱交啊。

"滚蛋!"

工会的人来一个我轰走一个,这鱼我还就钓定了。

终于,连工会的会长都出动了。我一五一十地跟他说了自己现在的生活状况。会长说着"真是没办法啊",提出只要我帮忙捡垃圾保持河川清洁以及监督撒网的人,就允许我在这里钓鱼。这里是禁止撒网的,但是因为有大量鱼类聚集在此,总有很多渔夫会趁监督员不注意的时候偷偷撒网。

作为让自己得以在这里钓鱼的代价,我成了临时监督员。从第二天开始,我钓鱼的时候胳膊上就戴着"监督员"的袖章。时不时会有撒网的人出现,我的职责就是在这种时候警告他们此处禁止撒网。

河川的清洁呢,就算不要求我也会去做。一来是因为如果河水被污染了,鱼就没了,我很不愿意看到这种情况;二来则是因为对于别人来说是垃圾的东西,在我手上很多都能派上用场。来这里钓鱼的人一旦鱼竿坏了或者鱼线断了,肯定就把坏掉的东西扔在这里了。我会把它们全都捡回来,稍微修一下就又很好用了。有些钓鱼者看到我的手艺，还会请我给他们修东西。那我当然会很开心地帮他们修，钓鱼者们则会给我吃的喝的作为回礼。这样的日子持续了一年左右。

昭和五十一年（1976 年），洛克希德事件曝光，前首相田中角荣被捕，"我不记得了"成为流行语。同年，一家出售刚出锅的、暖乎乎的便当的打包便当店在埼玉县开张，这家店就是后来的"暖暖亭"（Hokka Hokka Tei）的总店。此后，同名连锁店开遍了全国各地，加村先生吃的烤肉便当很可能就出自其中的某一家店。昭和 50 年代前半期（1975—1979 年），打开电视就能听到 Pink Lady、泽田研二的热门歌曲，年轻人们热衷于迪斯科。昭和五十五年（1980 年），加村先生 34 岁了。

在茨城县小贝川，加村先生一边钓着鱼，一边当起了临时监督员。一天钓500条口细也是家常便饭，还能捕到天然的鳗鱼、鲤鱼和蚬子。

第八章　初体验

去东京

临时监督员的工作我坚持了一年。可是,我的性子还是没法让我在一个地方安顿下来。通过钓鱼攒了一些小钱后,我就会去城里晃荡晃荡。从钓鱼人那里,我听说了各种城里的有趣故事。

我想去一次东京看看。我从别人那知道了东京牌照是什么样的,期待着能有挂着东京牌照的卡车路过,不过在小贝川上游这里,一次都没有见到过。于是我不停地朝下游方向走去,走到了茨城县的取手。取手有很多挂着东京牌照的卡车来来往往。

"请把我带到东京去，东京的哪里都行，我会帮忙卸货的。"听了我的请求，一位卡车司机让我上了车。虽然卡车司机往往脾气暴躁，说话粗野，但其实他们大多十分善良。

我说："我没有预定的去处，也没有工作。不过，还是想去一次东京，见见世面。"司机就把我带到了一个名叫山谷的地方。据他所说，这里也许有地方能给我提供工作。我还以为到了山谷就能找到活干，但现实可没那么简单。不，工作确实是有的，可是找工作的人比找人的工作多了太多太多。

山谷有很多露宿者。他们也用纸箱代替铺盖，但是和住在小贝川边上的我不同，他们不住在河边，而是遍布城市的各个角落。这一带的露宿者们似乎都互相认识。不知道从哪里弄来了酒，几个人聚在路边开起了宴会。我没法接近那些人，除非是他们主动搭话，否则他们一句话都不会说。

在东京，有很多能吃的东西直接就被扔进了超市后门的垃圾桶或垃圾堆放处。这让我很是惊讶。

一天，我捡了两袋超市扔掉的垃圾，正走在路上，突然，不知从哪儿冒出个流浪汉朝我走来，然后不由分说按住我就是一顿打。干什么，干什么！我完全不知道怎么回事，又被棍子敲又被脚踹的。那个流浪汉拎起我刚刚拿着的袋子，从里面拿出了两盒便当递给我，说道：

"今天这些就给你了，以后别再来拿了！"

看来，每个流浪汉好像都有自己的地盘。哪怕是扔掉不要的东西，只要在别人的地盘里，就不能去拿。东京果然不是个能住的地方啊，还是小贝川适合我。于是我又找了辆卡车，把我带回了小贝川，然后再次开始了河边生活。

脱衣舞事件

一天，我正钓着鱼，突然有农家的人过来，说要分几条鱼给我。这里的人好像都很喜欢鱼。于是我就说下次我也送几条鱼过去吧，问了他家的住址。第二天，我把钓来的鱼送了过去，而他则要给我米作为回礼。我说米就不用了，一来我从来没煮过饭，二来我也没有锅，但他执意要我收着。我心想大概也就一升米吧，结果居然有30公斤！用好大的一个纸袋装着，让我把一整袋都拿走。实在没办法，我只好说这次先拿一升回去用，剩下的请帮我收着，以后再来拿。

农家的人知道我带着米回去也没法煮饭，于是又给我带来了锅，还教给我煮饭的方法。我用河水淘了米，又把河水倒进锅里。因为当时小贝川的水真的很干净。平时我一直有在小屋附近收集枯木和竹子，保存起来，以免燃料断绝，因此生火的准备很快就做好了。

把米放进锅里，盖上锅盖，先用弱小火烧。等到锅里的米噗噗地鼓胀起来，锅盖会开始哐啷哐啷地响，就在这时，赶紧往火里添大量木柴，加强火力。听到锅里传出啪哧啪哧的声音了，再减少木柴的量，调回小火。再这么烧一小会儿，就可以把锅从火上拿下来了。不过，别急着掀开锅盖，要让它闷5分钟左右，这可是煮饭的秘诀。这样煮出来的饭简直是最高的美味啊，米粒都是立着的。用锅煮出来的饭真的很好吃，而且煮的还是从农家得到的新米。我直接端着锅吃了，实在太香，我把一锅饭都吃了个精光。

卖卖鱼，帮帮人家干活，又攒了20000日元左右。我莫名地有些躁动，急着想见识见识之前从卡车司机那儿听说的一种叫作脱衣舞的玩意儿。于是，我去了千叶的某个城镇。

第一次看脱衣舞，留给我的只有纯粹的惊讶。听说跳舞的是漂亮的年轻小姐姐我才来的，但实际上台表演的却是个大妈。我找到脱衣舞剧场，走了进去，里面很暗，只有舞台闪着桃色、青色、黄色的光，特别晃眼。其他客人都是看一场就回去了，我看满了三场。跳第一场的是个满身皱纹的大妈，我期待着第二场该是小姐姐了吧，可是上来的还是第一场的那个大妈，第三场也一样。我大概在里面待了6个小时吧。反正剧场的人既没有叫我出去，也没撵我走。好笑的是，除我以外还有另一位看满三场的客人，看来是和我打着一样的算盘啊。既然看了三场都是大妈，那么不管去哪儿看应该也都一样还是大妈吧，这么一想，我就不想再看脱衣舞了。

但是这毕竟也是我人生中第一次看脱衣舞，十分难得，我还是兴奋了起来，以至于摸了一把跳舞的大妈。虽然已经被提醒不能摸了，但我还是不由自主地伸出了手。

看完三场出去的时候，我被小混混一样的人叫住了。他们突然抓住我的衣襟，用脚踹我的肚子，把我好一顿打。岂有此理，不过摸了一下舞娘而已，凭什么遭到如此对待，我也打了回去。对方有三人，我毫无胜算，鼻血被打了出来，嘴也破了，被撞飞倒地的时候还把手腕弄伤了。即便如此，我还是不断还击。

"喂，你先不守规矩的，还不道歉！"

"闭嘴！"

"你这浑蛋！"

有好几个人路过，但不知道是因为这个场面在此地已是家常便饭，还是因为这帮男人是这一带知名的地头蛇，没有一个人过来劝架,也没人帮我一把。不过,不管被打得多惨,我都没有停止还击。

打了好一阵子之后,从楼里出来了一个很有威严的男人。似乎是见我那么久都没有投降,想看看我是个"什么货色"。他一声令下,围殴我的那帮家伙立刻就老实了。

"我中意你,很有毅力嘛,小子。"

我又被带进了楼里。刚才已经被打得半死了,接下来又要遭什么罪啊,我提心吊胆的。谁知道那个男人居然说:"怎么样,就在这干活吧。"好像是真的挺欣赏我。

从那天起,我就住进了脱衣舞剧场,负责打扫剧场以及做一些杂活。不过,干了一周左右,攒了些钱后,我悄悄溜出了剧场,又回到了小贝川。到头来,我的容身之所就只有这条河了啊。

和三人组打架

那阵子,我还带着 10000 日元去了一次柏青哥店。我是从脱衣舞剧场的小哥那里听说柏青哥的,以为是个很来钱的玩意儿,哪想到转眼间就输了个精光。太不甘心了,太不甘心了,明明旁边就有赢了一大堆小钢珠的人,凭什么只有我血本无归！我输红了眼，回过神来才发现柏青哥已经被我下意识地踹倒了。

工作人员猛地冲了过来，抓住我的手腕，说着"请跟我来"，把我带到了店后面的事务所里。我心想难不成又要挨揍了吗，还好，这次没受皮肉之苦，但被工作人员狠狠地训了一通。最后还恐吓我，说我把机子踢倒了，得赔钱。可是那机子明明既没被踢凹又没被踢坏，赔哪门子钱呢？我反过来逼问他们。他们只好说着什么不许再踢了，别再来店里了，把我攮了出去。

无所谓，不让我来，我还不想再去了呢。令我不爽的倒不是被那个工作人员骂了，而是我宝贵的钱在转眼间输了个精光。我决定再也不碰柏青哥了。

我虽然住在河边的小屋里，但也能隐约感受到世界正一点一点地变得便利起来。小时候，我家是没有电话的。邻居家是那种老式电话，一个四四方方的电话机挂在柱子上，打电话时要一圈一圈地转动电话机侧面的摇柄联系交换台，然后把圆筒形状的听筒抵在耳朵上说话。那时根本没见过什么公共电话。第一次见到公共电话是在哪儿来着，看到有人进入一个大箱子里打电话。真厉害啊，我打心底里感叹。不过，我是不需要电话的，因为我没有可以打电话过去的对象。

尽管如此,我也用过那么一次电话。有人让我分几条鱼给他,我们就说好等我钓到了鱼给他打电话。我收下了写着他电话号码的字条,为防弄丢,还叠好塞在了裤子口袋里。我带着硬币进了公共电话亭,好紧张啊!电话不是那种拨号盘式的,得按下写着号码的按钮。我怕打错号码,指尖抖个不停。直到现在,我依然不太打得来电话。我不喜欢和见不到脸的人说话,根本聊不下去。

我还是和以前一样,不洗澡。虽然已经有公共澡堂了,但我当时根本不知道有这么个东西,夏天就在河边用水冲冲身上的汗。冬天我会把河水灌进从河边捡来的一斗罐里,点燃枯木将水烧开。在热水里把毛巾浸湿后擦拭身子,每隔几天擦一次就足够了。穿的衣服也和以前一样脏兮兮的。虽然会把从农家那里得到的衣服和钓鱼人给我的旧衣服在河里洗好交替着穿,但每件衣服都已经是破破烂烂的了。我还曾经因为身上太脏而被找过碴儿,那是我前往千叶某城镇时发生的事情。在路边,我和三个眼神凶恶的男子擦肩而过。

"脏死了,滚一边去!"

"说啥呢,你这浑蛋!"

我被他们踢倒在地,接下来就发展成了一场大乱斗。对方有三个人,不用说,我又被打了个落花流水。他们打倒我,骑在我身上揍我，但我还是发起了好几次反击。我都不知道自己哪儿来的这么大火气，一次又一次地冲上去。

真的不想输啊。我被他们三人围殴，又蹬又踹，全身上下满是鲜血。可能是他们也感到害怕了吧，看着像是头头的家伙说了声"别打了"，然后他们把我抬上车，带去了医院。

他们三个人都吓了一跳，说是头回见到我这种被打成那样还冲过来还手的家伙。我的左胳膊骨折了，被打上石膏固定住，然后又被系在肩膀上的三角巾吊了起来，这造型可真丢人。到医院的那三人对我说："请不要报警。"还塞给我20000日元。

医生告诉我还要再来，但是我讨厌医院，没有再去过。一离开医院，我就把三角巾扯了下来。左手没法用，很不方便。很想把石膏也给拆了，但又怕拆了会出什么问题，还是暂且留着吧。没过几天，石膏里的手臂痒了起来。毕竟是夏天，会出汗的。

哎呀，烦死了，拆了算了。我决定用小刀把石膏拆掉，但石膏已经凝固了，不是那么容易拆的。一使劲，小刀刺得过深，结果把我的胳膊弄伤了两三处。好不容易把石膏拆掉，左臂已经比右臂瘦了一点。

"大"字事件

那是我走在埼玉的某座城镇时发生的事。在由独栋店家组成的酒馆一条街里,一家小酒馆的门前,有个女人在洒水。现在想来,她应该是假装没注意到我经过吧,哗啦一下把水泼了过来,把我的衣服弄湿了。

"对不起。"

女人让我到店里去,说"你这一身水已经没法在街上走了吧",然后抓住我的手腕,把我带进了店。到了里面,我的衣服被她脱了下来。我觉得大概是要帮我烘干吧。

当时,我应该是30多岁。那女人应该有40多岁,胖胖的,挺漂亮。我被脱得只剩一条短裤。可是,短裤也被水弄湿了。

"不好意思,请到这儿来,内衣也得换。"

既然这么跟我说了,我就去了隔壁房间。接着,那个女人突然把我推倒在了床上,然后开始用绳子绑我的手脚。干什么?干什么?发生什么了?我一头雾水地被绑成了"大"字形,手脚被捆在床的四角上。在这之后会发生什么,这个漂亮的女人要对我做什么,我完全没法想象,我很害怕,动也没法动。

然后，女人突然骑到了我身上。"好疼！"我不由得喊了出来。皮被突然剥开，怎么能不疼呢，我很害怕。在那之后，我很长一段时间里都提心吊胆，战战兢兢的，看见女人就四处逃。我的初体验就这样在我完全不知道发生了什么的情况下完成了。

女人做完一切之后，给我准备了衣服和食物。但我还是被绑在床上，成一个"大"字形。过了整整一天，我求她说："我想上厕所，请给我解开绳子。"厕所里有一扇小窗户，大小勉勉强强可以让我的身体通过，于是我就穿着女人给我的浴袍，光着脚，从窗户逃了出去。可能是察觉到我的动静了吧，女人从后面追了上来，也穿着浴袍。要是在这儿被抓住的话，又要变成"大"字了。我拼了命地跑。我能感觉到周围好像也有正在走路的人，但此时他们已经没法进入我的视野了。总之，我的脑子里只有一个念头，就是逃跑。

不记得究竟跑了多远。我全程只顾着继续往前跑，一次头都没回，所以也不知道那女人究竟追了多远。回头看时，女人已经不在了。我躲进了一片农田。过了好一会儿，走在田间小路上时，看到对面有很多建筑工人一样的身影。混到他们之中去就安全了，就不会被找到了，我心里想。

与哥哥的再会

我走到了那片工地附近,突然,一个工人叫住了我。

"喂,你,哪里人?"

"群马。"

对方看上去不像是来挑事的。

"你和我弟弟长得好像啊。叫什么名字?"

"加村一马。"

"真的是一马啊!"

是我哥哥,小时候和我关系最好的二哥。就是那个不知从哪儿领回了小白的哥哥。

"居然能有这种事!"

简直是奇迹。我俩不顾一切地抱头痛哭,什么都没说,一句话都说不出来。怎么可能,竟然能在这里再会,我再怎么想也想不到!哥哥似乎一眼就认出了我。可能是因为自打我离家起,他就一直记挂着我吧。

冷静下来之后,我俩坐在路边说起了话。哥哥是带着妻子和孩子来这片工地工作的。在他的穿针引线下,我也得以在这里干活了。之后将近半年的时间里我都寄居在此,和哥哥、嫂子还有他们的孩子一起生活。我们也一点点地谈起了彼此一路走来经历的事情，每晚都忘情地聊到深夜。哥哥好像也饱尝了各种苦难。令我震惊的是，在我离家出走后，哥哥也反抗起了无情的老爹，同样离开了家。当我讲起小白的故事时，就连哥哥也哭了出来。

半年后，因为孩子要上学了，哥哥提出要回群马。他请我一起回去，但是我拒绝了。群马对我来说只有痛苦的回忆，我还是不想回去。从那以后，我就再也没见过哥哥。他身体还好吗？孩子都长大了吧？想见他……

加村先生体验东京生活的年代，应该是昭和 50 年代后半期（1980—1984 年），当时，在设计师品牌和咖啡酒吧人气居高不下的同时，描述出身贫寒的少女经受千辛万苦的一生的电视剧《阿信》也屡创收视奇迹。进入昭和 60 年代（1985—1989 年）后，整个社会向着泡沫经济突飞猛进。加村先生目睹了这一进程的片段，但并没有选择留在城中。

进了城的加村先生,与一位40多岁的女性发生了可怕的初体验。"一点都不舒服。"他本人如此说道。

第九章 钓鱼高手

一天500条

在东京、千叶、埼玉等地兜兜转转了一圈后,我发现可怕的人实在是多得过了头。对我来说,果然还是小贝川边上住起来最舒心。

有那么一次,我没有住在河边,而是进一间庙里睡了觉。记得那天下了大雨,小贝川水位上升,我本能地察觉到了危险。于是就收拾收拾小屋,进了城,看见车来车往的路边有一间佛堂。不知为何,我走了进去,试着拉了下佛堂的门,轻易地就被拉开了,门没有上锁。我就那么进了佛堂,睡了下来，深夜，我被人叫醒了。睁眼一看，面前站着一个在白色僧衣外面披了件黑色袈裟的和尚。

"出去！你这遭天谴的！再不快点出去我就报警了！"

我慌慌张张地爬起来，冲了出去。不就是在这里睡了一觉嘛，哪至于被警察抓啊！

有时在河边搭起小屋，有时直接露宿，还偶尔为了换取食物主动上门给人家做帮工，我就这么一路从小贝川下游向比以前的住处更靠上的上游走去。要去河的上游，一定会途经乡村地带。我在一个与以前的住处略有不同的、河道极为宽广的地方建了小屋，开始了在小贝川沿岸来来往往的生活。

我在太阳升起的时候醒来，去到河边，垂下鱼线。虽然也试着进了好几次城，但果然还是这种生活更适合我。河的上游能轻松地钓上口细，多的时候一天能捕到 500 条。把鱼装进捡来的篮子里之后，人们聚了过来。

"真能钓啊。"

"这是你一个人钓的？"

"太厉害了吧！"

日复一日，我整天都在河边钓鱼，没用多久，就和越来越多的钓鱼人熟络了起来。

"你为啥钓这么多鱼啊？钓上来这么多打算怎么办呢？"

"想要的话给你一点，拿走吧。"

实际上，钓上来这么多鱼我确实也用不上，我打算免费送他。可我说完之后，那位钓鱼人却留下了1000日元。以此为契机，开始接连不断地有钓鱼人来买我的口细。尽管如此，还是钓得太多，最后我把剩下的鱼又放回了河里。

"可以分我一些吗？"

"听传闻说，从您这儿可以分到鱼？"

看来，不知道从什么时候开始，我的事情似乎以"据说有个钓鱼高手"的形式变得广为人知了。靠卖鱼过活是很轻松的。只要垂下鱼线，一动不动地待着就好。口细的话，一公斤能卖4000日元左右。

下雨天，鱼特别好钓。一下雨，鱼就会聚集起来，一竿一竿地钓是根本钓不过来的，得像在喜连川的小河里做过的那样，在浅滩堆起石头或者打上木桩做个堤坝出来。走到及膝深的水里，用手或者鱼竿拍打水面，把鱼往堤坝里赶。一道直径顶多1米的堤坝，一次能赶进60到70条鱼。

捕鲇鱼最好用鸡肝做饵。只需要把鸡肝绑在鱼线前端，鲇鱼就会像赶集一样蜂拥而至。不过白天可不行，鲇鱼一定得在夜里钓。尤其是河水因为台风变得混浊的时候，一旦河水变得像泥浆一样，那鲇鱼就会多得让人钓到腻烦，而且大的能有 70 到 80 厘米。用细小的鱼竿钓这么大的鱼，很难提得动钩。

这种大鱼太多了，导致鱼竿经常会折断。动不动就"咔嚓"一声脆响，断了。那可就钓不了鱼了，毕竟没鱼竿了嘛。只好再从哪儿捡一根来修了用，有时也有其他钓鱼人嘴里说着真拿你没办法啊，然后给我带来一根新的鱼竿。因为没有鱼竿的话，不管再怎么被叫作"高手"也钓不了鱼呀。

捕鳗鱼

最容易把鱼竿弄折的鱼是鲤鱼。小贝川里有很多身长超过 1 米的鲤鱼，力气非常大，而且咬了钩以后还会拼命挣扎，试图迅速逃跑。鲤鱼还把我的鱼竿带跑过。不过，就算鲤鱼带着竿逃掉了也不用慌，鲤鱼有一种习性，就是会回到之前咬饵的地方。没经验的人往往见鲤鱼逃掉了就去追，这样一来反而就捕不到喽。鲤鱼是因为受了惊才有多远逃多远的，如果它能逃进浅滩里就再好不过了。鱼的那点小心思，我可是一清二楚。

小贝川还有蚬子。在下游处一条马路对面的小沟里，无论什么天气，蚬子都在吐着泡泡。下大雨的时候会比较容易抓。一旦下起大雨，水闸就会关闭，流进田里的水就被拦住了。如此一来，那条小沟里的水也会退下去。估算好这个时机过去的话，剩下要做的就只是大捞特捞了。因为是纯天然的蚬子，一公斤能卖2000到3000日元呢。

鳗鱼也捕得到。要捕鳗鱼，最好的方法是放置钓法。很简单，在竹竿下端开个口，从那里放下挂有蚯蚓的渔线，再把竹竿插进河里就行。只要去田里走一趟，立刻就能弄到一大堆蚯蚓。晚上7点左右，天色暗下来以后就把这些布置好，12点的时候再把竹竿提起来，大约需要5个小时。鳗鱼和蛇一样，爱乱动，如果就这么放置到第二天早上，它会缠住自己的脖子，把自己勒死。死了的话就卖不上好价钱了，所以夜里就得收竿。

因为这是纯天然的鳗鱼，所以会有料亭的厨师来收购。小贝川的天然鳗鱼可是很出名的。人工养殖的鳗鱼的肚子是白色的，天然的则是黄色的。光泽和大小都差不多，但肚子的颜色不同。70到80厘米长的鳗鱼，一条能卖到3000日元左右。

我就这么捕捕鱼，多的时候一天能挣到10000日元。

把每天钓到的第一条鱼放在手掌上,通过它的体温,我就能知道今天的收成如何。如果鱼是温热的,那今天就能钓很多,但如果是凉的,那就不行了。在觉得会有好收成的日子,我会从天刚蒙蒙亮的时候就开始不停地钓鱼,连饭都忘了吃。

不久之后,我又多认识了一些钓鱼人之外的人,也有了经常来买鱼的老主顾。大家来买我的鱼的时候,都会给我带来些便当或者饮料。不知不觉中,我既不用自己去找吃的,也不用花钱买了,需要掏自己的钱买的东西大概也就是香烟了。没错,从卡车司机那里接过的那支香烟的滋味我一直难以忘怀,回过神来,自己已经变得每天都要吸两包烟左右了。"你也吸太狠了吧。""这样下去可是要搞坏身子的。"钓鱼人们经常这么说我。

通过钓鱼,我在不知不觉中交到了"伙伴"。不过也有些很糟糕的家伙,我很爱惜的鱼竿被人偷走过。不过那时,向我伸出援手,给我带来了竹竿和新鱼竿的也是我的伙伴们。

寒冷的早晨,一个伙伴带来了一瓶威士忌,让我喝点试试。我第一次喝,分量什么的也把握不好,就咕咚咕咚地喝起了装在黑色不倒翁似的瓶子里的威士忌,对着瓶子一口气灌了一半。

喉咙烧了起来，火辣辣地疼，之后的事情我就不记得了。恢复意识的时候，我发现自己被放躺在河边，额头上盖着一条毛巾。

"你这家伙，我可没醉哦！"

伙伴笑了起来。我好像是当场就喝醉了，倒在了地上。醒来之后，心脏还咚咚咚地跳得厉害。倒是没觉得哪里不舒服，但就是起不了身。好不容易起来了，走路又跟跟跄跄的，身体还在发热。这种感觉，有生以来第一次体验到。脑袋里迷迷糊糊的什么都没法想，眼前的路仿佛在上下起伏。我到底怎么了？已经搞不懂了。

第二天，头很疼，就没去钓鱼。有人从药店给我买来了头疼药，但是我以前没吃过药，不知道该吃多少，看了说明书也完全理解不了。毕竟我只能一个一个挑出认识的字读，连起来根本读不通。哎呀，麻烦死了，总之吃就行了呗。我把一盒药全吃了，这下胃又开始疼了，疼得不行。

又有人给我带来了胃药。不过还是算了，药我已经吃得够够的了。从那之后，因为害怕，我再也没喝过酒，也没吃过药。

流浪汉老师

为了钓鱼需要在小贝川沿岸移动的时候,我会铺着纸箱睡在桥下。在一座桥下,我认识了一个拉着两轮拖车,边走边捡破烂的中年流浪男子。他穿着跟我不相上下的破烂衣服和一双破了的运动鞋。从脸到衣服,全身都脏兮兮的。论脏和臭的程度,他跟我可谓棋逢对手。

我钓鱼的时候,他会从那边向我搭话。

"能钓到吗?"

"没呢,今天不大行啊。"

"这本书你要看吗?我已经读完了。"

流浪男子递给我一本厚厚的杂志。

"我用不上啦。"

"不看书吗?"

"我不认识字。"

"啊?不认字?"

流浪男子一脸难以置信地笑了。

"不认识。"

"没上学吗?你啊,这可不行。认字写字必须得会啊。"

从那天开始,这个流浪男子就成了我的语文老师。

老师不怎么说自己的事情。只说过他来自九州的宫崎,以前自己开公司,是个老板。公司倒闭了,才来了这里。还说等他攒够了钱,一定会回宫崎。老师教给了我很多东西。不愧是当过老板的人,见多识广,很有学问。

他把捡来的手表送我的时候,我说:"我不会看表。"他便细致地教了我看表的方法。我之前从没想过能把握时间是一件如此方便的事。自那以后,我的左腕就与手表形影不离了。

他从捡来的报纸里单独取出广告页,在背面给我写上了所有的平假名。"あ、い、う、え、お……"

"看着这个,练习摹写吧。"

说是读法已经全部教给我了,该动笔写了。

我自己也觉得读写还是有必要掌握的,不会读写的话会有很多麻烦,所以我决定好好记住。毕竟不认识字的话,就连厕所的用法都搞不清楚。

除钓鱼之外能有些其他事做,我还是很开心的。不过,流浪汉老师可严格了。他经常批评我,说有钓鱼的时间还不如去练习读写。我倒不是第一次挨这种骂。因为无论是小学还是中学,我从来没有像模像样地学习过。没想到这把年纪了还得把纸箱翻倒当作书桌，握着铅笔开始学习……但我这次是想认真学的。读还不算太麻烦，写就难了。"め""ぬ""の"，这些长得差不多的平假名，我怎么也没法分清哪个是哪个。

"你的记性真差啊。不过，记性差到你这样的人还真是罕见。了不起！"老师对我有些莫名的敬佩。

平假名的读写已经掌握得七七八八的时候，老师说接下来该开始记汉字了。一开始，我觉得反正我又不需要给谁写信，平假名就够用了。不过，光是药物的注意事项就有大量汉字。老师捡回来的书就更不用说了，哪儿哪儿都是汉字，对我这种只认得平假名的人而言简直就是天书。

最先记住的是自己的名字，因为老师说连名字都不会写的话会很麻烦的。幸好我的名字里没什么难认的汉字，很快就记住了。记住之后，我心情大好，愉快地写了一遍又一遍。纸箱上、鱼竿上，到处写。不过因为觉得有些难为情，所以只用把字写在角落里。

老师的读写课程并没有就此结束。他接二连三地教给我汉字词语，让我去书写、记忆。日复一日，从早到晚都在写汉字，都要写烦了。老师还会在早上给我布置作业，让我在他出去捡破烂的时间里好好记住，等他回来了就开始考试，如果弄错了他就会"不行啊不行，给我好好记"地朝我发火，但我并不觉得讨厌。不知为何，甚至有点怀念起了小学时光。

学了将近两个月后，我已经能看懂电线杆和商店的招牌上写的字了。这些字以前在我眼中都相当于绘画，而现在已经读得懂它们的意思了。不用再往店里探头探脑，光看招牌，就能区分得出食品店和洋货店。找商店的时候也是，不用再一家家走进去看了，只要找个一眼能看遍招牌的地方，就知道哪家店里卖的是什么东西。我从没想到过，会读会写居然是一件如此方便的事情。

"已经认得很多字了嘛。"

被老师夸奖了。因为学习而被人夸奖，这是有生以来头一次。

可是，跟着老师学习的日子没能长久持续下去。一天，老师说他要回宫崎了。说是通过捡破烂攒够了钱，该离开这里了。在老师启程前往宫崎的那天，他给了我一张纸，上面写着他的名字以及在宫崎的住址。

"看，这些，都认得吧。"

全是我学过的字。老师一定是知道迟早有这么一天，才把这些字都教给了我吧。尽管如此，但那可是宫崎啊，我根本就不知道宫崎在哪儿。问了离这里大概有多远，才知道是个靠步行不可能走得到的地方。不过，那张纸我会好好保存的。

好想见老师啊。我想让老师看看，从在河边生活的那段时间到现在，我已经变成了一个靠得住的人。我还没有认认真真地向老师道过谢呢。但我已经没法再找到老师了，因为我弄丢了那张纸，也忘记了老师的名字……

北岛三郎

老师离开以后的很长一段时间里，我依然继续练习读写，以防自己忘记。不过，为了挣钱，鱼还是得钓。

那段时间，别人都叫我"谷田部"。因为有人问我"你是从哪儿来的"的时候，我回答"茨城县的谷田部"。那人就说："那以后就叫你谷田部了。"于是谷田部就成了我的名字。来和我打招呼的钓鱼人也越来越多了。

有一次我钓鱼的时候，正巧附近有一帮人在BBQ。其中一人把盛着刚烤好的食物的盘子端给了我，问我："要不要来一点？"那人好像也喜欢钓鱼。我们聊了不少有关鱼和钓鱼的话题，还挺意气相投的。他似乎把我视作钓鱼方面的老师。日后，我因为盗窃未遂而被警察逮捕时，他也成了我的身份担保人。

他有一件其他钓鱼人早已司空见惯，但在我眼中却恐怖至极、令我震撼不已的物品。第一次见到手机的时候，我都吓蒙了！他把一个小小的板状机器放在耳边，一个人自言自语了起来。这个人，脑子有毛病吧。但说是自言自语也不大对劲，总觉得像是在和身旁的某个人说话。我一动不动地呆望着大叔，用四个字形容我当时的状态，就是"目瞪口呆"。

刚知道那个其实是电话的时候，我是不信的。就连他把手机借给我让我自己试试的时候我还是不相信，真的能好好地和对方通上话吗？别是被狐狸迷住了吧？不过它实在是太小了。我一把它拿在手上放到耳边，好像就会不小心碰到哪个按键似的，试了好几次，每次都是接通之前就挂断了。果然啊，我再次深刻地认识到，这种方便的工具实在是不合我的性子。

钓友们不仅会给我食物，还会带来各种各样的东西。有人是特意给我买的，也有人是把自己不要的东西送给了我。钓鱼的空闲时间，我们会谈天说地。一开始聊鱼和钓鱼的话题，后来又聊到了在河边的生活状况、家庭、工作。有些钓友喜欢唱歌，也有人喝了酒之后起了兴致，会一边唱着歌一边钓鱼。可我既不知道唱的什么歌,也不知道是谁的歌,这世上正发生的一切,我一概不知。时不时会有钓友留下几张报纸,但报纸我不太读得懂。虽然跟流浪汉老师学习了读写,但是我的能力还不足以看懂报纸。

"这个连歌都能听。"

一位伙伴给我拿来了收音机。那个收音机需要一圈圈地转动侧面的把手来充电,然后打开开关,就可以听到声音了。电用完后,再转动把手充电就行。

收音机只会自顾自地说着话,自顾自地唱着歌,但只要它在那里开着,我就不觉得寂寞。我喜欢上了音乐节目,一直在听。

直到现在,我依然很喜欢北岛三郎的《与作》。

不知为何,这首歌能让我回想起还在山里生活时的自己。直到现在,只要北岛三郎的歌曲响起,我依然会认真地听。

"滑梯"事件

现在想来有点不可思议,在山里的时候,我并不觉得夜晚有多寂寞。可是自打住在河边,夜晚就变得寂寞了起来。小白死后,山里的夜的确也很难熬,但当时全部的时间都用在了四处走动搜寻食物和睡觉上，无暇想东想西。现在，所有钓鱼人都回家之后，说不上为什么，我会特别寂寞，痛感自己仍是孤身一人。天赶快亮吧，伙伴们赶快来吧，我竟会期待起他人了。人啊，真的是会变的。

所以我只好听着歌度过夜晚。以前在河边见到收音机的时候，我不知道那到底是个什么东西，捡都没捡。小时候，家里既没有电视，也没有收音机。

威士忌呢，上次一口气喝了太多直接喝倒了，以后就再也没喝过。不过啤酒倒是时不时地会买一点喝。在寒冷冬日的河边，啤酒是最美味的。钓友们总说啤酒就得夏天喝，我却喜欢冬天的啤酒。不过说是这么说，其实我也只是去酒铺买最小罐的啤酒回来喝而已。自动售货机是有的，但我总担心它会白白把我的钱吞掉，从来不用。

钓友中也有很多爱玩的人。一天，有人请我去茨城的土浦玩，带我去了一个叫作泡泡浴店的地方。

因为埼玉的酒馆老板娘的"大"字事件，我一直觉得女人很可怕。自那以后，我都没法接近女人了。钓友听了我的故事以后说道："没那回事，女人可棒了。"还是把我带去了泡泡浴店。

话说回来，泡泡浴店究竟是个怎样的场所，当时的我还一无所知。万一是个很恐怖的地方该如何是好啊,我提心吊胆地去了。

在入口处交了钱后,我和同来的伙伴分别被带去了各自的单间。房间的布置有点奇怪,不像是普普通通的澡堂。一个女人进了房间,让我进浴缸,我便按她说的脱了个精光,进了浴缸。接着女人也进来了,她大概30岁,谈不上有多好看。

接下来,她让我躺倒,我就听话地躺在了垫子上。女人把一种亮光光的油涂满我全身,然后骑了上来,在我身上来来回回地滑着,蹭得我瘙痒难忍。

"喂,我又不是滑梯。干吗呢!"

我都发火了,女人还没停下来。

"浑蛋!"

女人说着"这是定好的流程啦"之类的话,又让我坐在凳子上。刚一坐下,她的手就突然从我两腿之间伸了出来,抚摸着我。原来凳子上开了个洞,吓死人了。这是要干吗?我实在害怕,于是怒吼了起来。

"闹啥呢,你这浑蛋!"

我撞开女人,麻利地穿上衣服,冲出了房间。接着那女人哭着跟了出来,还向我道歉。一名男性工作人员过来询问情况，我就解释说她把别人的身子当作滑梯，还从椅子中间伸手过来，搞得我很火大。工作人员听了之后，苦笑着说："不不，那个其实——唉，客人您真是……"十分为难的样子。

我把带我来的人叫了出来，和他说了事情的原委，他听完后大发雷霆，怒道："再也不带着你了。"我明明是被强拉硬拽来的，遭受了如此可怕的对待，结果居然还要挨骂，真是划不来啊。

56 岁的初恋

在山里和河边生活得久了，自然而然，性方面的需求是没法得到满足的。不过我也没有那个心思。尽管如此，我还是恋爱了。那是我第一次喜欢上一个女人。

那是距今 13 年前，我 56 岁时的春天。我像平时一样，在河边钓着鱼。长凳上坐着一位女性，正在吃饭团，年龄在 35 岁左右。不过我当时什么想法都没有。不仅如此，那时的我仍然深信女人都很可怕，所以摆出了一副仿佛她根本不存在的样子。

然后来了个骑自行车的大叔，坐在了她的旁边，好像还摸了她的屁股。女人很惊慌，逃到我这里，向我求助。于是我为了赶跑那大叔，就追在他身后，狠狠地朝他砸木头。以此为契机，以后只要我在钓鱼，她几乎每天都会来给我送饭。

以前我一直觉得女人很可怕，尽量避免接近女人，但是在和她聊了各种话题之后，她给我留下了非常好的印象。我知道她也对我怀有好意。倾听着她的烦恼，我第一次恋爱了。

那时的我，每天都期待着与她见面，按捺不住想见她的心情。独居实在寂寞，这也无可奈何。每当有钓友邀我去家里玩，我都会觉得有个家庭真好啊，很是憧憬那份温馨。

可是那时我既不会写字，也没有驾照。每天过着一成不变的河边生活，一点财产都没有。我这样的人是不可能承担得起一个家庭的，但我还是渴望有朝一日能够组建家庭。为此，我也产生了努力的劲头。

然而，我被警察逮捕了。为了不给她添麻烦，从那以后，我再也没和她联系过。

―――――――――――――――――

加村先生再度开始在小贝川周边的生活时，应当已经进入了昭和60年代（1985—1989年）。昭和六十四年（1989年），昭和天皇驾崩，日本进入平成时代，加村先生43岁。自泡沫经济崩坏之时延续下来的不景气、阪神·淡路大地震、地铁沙林毒气事件都发生在平成七年，也就是1995年。这十几年间，加村先生一直生活在这里。并在这段时间内慢慢地培养起了与他人间的情谊。尽管如此，他依然没有放弃孤身一人的荒野生活。接着，就发生了那起案件。

自昭和六十年（1985年）起的十几年里，加村先生一直在小贝川边的小屋生活，或煮或烤地吃着钓上来的鱼。据他所说，有时河水上涨，他也只好在小屋中勉强度日。

第十章 扫墓

盗窃未遂

饿得受不了了。不过令我惊讶的是,自己现在居然如此耐不住饿。以前在山里的时候曾经三天没吃东西,在山梨和福岛那阵子还断粮过一周左右,饿得东倒西歪。回想起那个时候的经历,应该没理由耐不住饿的。但是,过了这么多年每天肚子一饿就吃东西的生活之后,饿个一两天就已经要死要活的了。

小贝川有很多鱼。然而那年的大雨弄浑了河水,刚到 9 月,鱼就一下子全不见了,就连原本可以在这个时节大捕特捕的鲇鱼也完全捕不到了。

我正推着捡来的摩托车。这辆摩托车是当年春天出现的，斜靠在小贝川平和桥的桥下，已经在那里放了很久。我有个习惯，就是不管看到什么都要捡，于是走近了这辆摩托。它是那种带有什么"小型发动机"的摩托。当然，这个名字我是后来才知道的。

打开油箱看了看，里面已经锈红了。啊，原来是被扔掉不要的。不难看出，很久都没人骑过了。

不知为何，钥匙就插在摩托上。我试着转了转钥匙，这动作是看了来小贝川的钓友们骑摩托时的样子才学会的。一发动引擎，就传来突突的声音，打不着火。我会把所有捡来的东西都拆得零零散散的，然后和各种其他物件拼在一起，组成新的东西。这摩托也不例外，我捣鼓捣鼓这里，摆弄摆弄那里。哗啦一下，一股红水从里面流了出来。

借用一下掉在河边的抽油器。从附近捡来个塑料瓶，用抽油器把油箱中漂在上层的汽油全都抽进塑料瓶里。抽完之后，油缸里只剩下了下层的红水。花了20到30分钟把汽油和水分开。倒掉剩余的红水，只把上方的部分汽油重新灌回油箱。

再发动一次引擎试试。这回没有突突的声音了。我骑上了车，但是不知道怎样让车子跑起来。右手使劲一拧，还是不行，打不着火。左手握住刹车似的东西，右手再猛地一拧，这下跑起来了。原来如此，这车和普通摩托不一样啊。

我没有驾照，也没骑过摩托，理所当然地摔倒了。明明没打算加速，速度却突然飙了起来，连人带车一起从堤坝上栽了下去。不过，能会用如此便利的工具的话，既不会再走路走到筋疲力尽，又能扩大行动范围。我便在堤坝附近练习了起来。

那段时间，我饿得不行。没鱼可捕，也没东西可卖。捕不到鱼，钓友们也不来了，也没人买便当给我了。事到如今又不可能再去附近的超市翻垃圾箱找吃的。相识的人变多了，大家也能认出我的脸了，在这种时候反而尤为不便。

总之，我想吃东西。为此，我需要钱。当时我身上只有370日元，靠这点钱，再怎么省着吃应该也撑不了几天。无意间看见工厂区里，阵阵烟雾从工厂的烟囱中飘上天空。对啊，说起来那一带的确是有自动售货机的。路过的时候，曾偶然碰上过好几次自动售货机开门补货。当时我看见门内侧的箱子里装着大量零钱。对了，我还看到自动售货机的底下也掉着很多零钱，记得应该是10日元硬币。

不过那个时候，我只要卖卖鱼就能挣到钱，所以看到零钱都懒得捡。话虽如此，但我经过自动售货机的时候，还是时不时地会把手伸进找零口里碰碰运气。不知是有人忘了拿找的零钱了还是怎的，经常能摸到10日元硬币。大概三台机子里就有一台会有。不过，百元硬币就基本没见过了。

不清楚掉在自动售货机前的零钱是在补货的时候掉的，还是买东西的人掉的。有那么一次，我见过散落着零钱的自动售货机的门开了一道小缝，似乎是被什么东西撬开的，门上有撬过的痕迹。当时我脑子里莫名闪过一个念头，哦，原来这门是可以撬开的啊。

想起了不少有关自动售货机的事。工厂区的自动售货机，里面应该是有很多零钱的。我动起了歪主意。从小屋的工具箱里拿出一根L形撬棍，骑上摩托，出了门。

我在工厂后面一条细细的小路停下了车，把摩托藏了起来。刚要下手用撬棍撬自动售货机，就在那时，一个声音突然传来：

"那边的！你在干什么！"

是保安。

不知道为什么，我当时没觉得他在说我。我环顾四周，一个人都没有，于是再次试图撬动撬棍。保安立刻冲了过来。原来是在说我呀！我这才反应过来，拔腿就跑，飞快地朝摩托的所在地冲去。但是不管我怎么跑，保安都在后面紧追不舍。逃啊逃，还是被逮到了，我被一股巨大的力量按倒在地。尽管如此，我还是想逃。于是全力跳脱控制，再次逃跑。保安再次追了过来。眼看就要跑到摩托那里了，面前突然又冲出来两个人，他们手上也拿着撬棍。两人挥舞着撬棍招呼了过来，就像在耍剑似的。最后，警车开了过来，我被逮捕了。"咔嚓"一声，被铐上了手铐。摩托也被没收了。后来，到达警局的时候，我浑身上下都是瘀伤。

平成十五年（2003年）9月12日，加村先生因盗窃自动售货机中的零钱未遂而被逮捕。随着调查的推进，警方逐渐掌握了他的童年经历以及迄今为止的生活状况。负责做笔录的警官听了加村先生这43年间的种种生活片段后叹息连连，想必加村先生的每一言每一语都令他大为震惊。与此同时，尽管知道这里是警察局，但毕竟也是第一次进入这种现代化的钢筋建筑物，加村先生也连续不断地遭受着文化冲击。

拘留所里

到了警局。来到一扇门前，刑警按下按钮。门开了，刑警让我进去。我心中暗想，这么小的房间哪能进得去啊。那都不能叫个房间了，顶多是个箱子。进去了之后，门合上了。但是总觉得有点害怕，于是我靠在了门上。刑警又按了一个钮，箱子动了。我有种不太舒服的奇怪感觉，仿佛被猛地向下扯了一下似的。怎么回事啊，这箱子。

哐当一下，箱子微微摇晃之后停了下来。门开了，那一瞬间，我直接栽倒在地上。我根本没料到门居然会开。刑警笑了出来。后来我才听说，那箱子名叫电梯，是一种用来运人的箱状工具。当时，恐怕连那位刑警都没想到我以前从来没有乘坐过电梯吧。

哪怕是在拘留所里，令我吃惊的事情还是一件接着一件。刚开始，说是要脱光衣服。脱了之后，我被带到了一个没有窗户的小房间。两张塑胶垫就几乎铺满了整个房间，房间里还有浴盆。

负责我的警官来了，让我冲个澡。我这辈子第一次见到那个叫莲蓬头的玩意儿，肯定不会用啊。见我站在那里发呆，警官就指导说要扭那个红色旋钮，扭了之后，就会有热水出来。可是光用嘴说什么红色蓝色，我哪分得清啊，我扭动了蓝色的旋钮。

冰一样刺骨的冷水猛地喷了出来。哎呀！绝对没错，我这是在受拷问！太害怕了，我发了疯似的逃了出去。

外面有两个警官。我光着身子撞倒了他俩，正要逃跑，又有两个警官飞奔了过来。尽管如此，我依然大闹不止。

"我才不接受拷问！"

一位掌握了事态的警官对负责我的警官说了句"不好好地教他可不行啊"之后就离开了。这一次，我转动了红色旋钮，温度宜人的热水喷了出来。什么嘛，原来不是拷问啊。我松了口气。

当天是在拘留所过的夜。第二天，我被带去了审讯室，在那里见到的警官们每个人都问了我好几次"连莲蓬头都没见过吗？至于这么稀奇吗？"。一直住在山里、河边，对世间的事物一无所知，这种生活方式令我感到有些难为情。

警官们都非常亲切。拘留所里虽然有淋浴，但是没有肥皂。好像是所有人都得自己买，可我没有钱。最开始给我的是警察用过的肥皂——薄薄的一小块，一次就用完了。

"我们发了很多肥皂，明天给你带点，保准够你用的。"

第二天，警官给了我一整盒全新的、大大的肥皂。我凝视着肥皂，好香啊，有手掌那么大。小的时候，总觉得家里的肥皂大得不得了。但现在想想，其实也就两盘磁带大小，厚度大约3厘米，还毫无气味。上次用这么香的肥皂清洗身子，应该还是在新潟的老爷爷老婆婆家里的时候了吧。

"头要被切成片了"

不可思议的是，由于见到的东西和做的事情全都是有生以来头一遭，新鲜感和震撼不断膨胀，于是我产生了对于警察和进拘留所的不安。

厕所也是个麻烦。我所知道的冲水厕所，只有以前因为肚子疼而闯进农家时见识过的那种一拉绳子就冲水的厕所。而拘留所里的厕所是没有绳子的，我想冲水，但是没法冲，十分为难。找来找去也找不到绳子，哪儿都没有。过了一会儿，等在外面的人生气了，喊道："快点！"我放弃了，摆出一副若无其事的样子出了门，刚一出去，等着的那家伙便向我发难。

"喂，你小子，自己拉出来的东西都不冲的吗？"

"因为我不知道该怎么冲。我是想冲水的，但是哪儿都找不到绳子，我也很为难啊。"

说完,那男人大笑了起来,告诉我要按侧面的按钮。原来冲水厕所还分各种类型的啊,我吃了一惊。

"你这人,还真挺像小野田(宽郎)先生的。"有一次,我被警察如此评价。我越是把迄今为止的生活经历说给他听,他就越发地感慨,赞叹道:"比小野田先生还厉害啊。"因此,我好像也以"过着比小野田先生还厉害的生活的男人"的身份而闻名于警察之中。可就算说我像"小野田先生",我也搞不懂是什么意思啊。"谁啊,那是?"问了之后才知道,那是个不知道战争已经结束,在菲律宾卢邦岛的密林中"孤军奋战"、独力求存的前日军少尉,居然还有这样的人啊,我大为惊讶。

进了拘留所之后,我还去医院做了体检。不知道具体要检查什么,只是听话地让他们给我换上了病号服,躺在硬硬的台子上。手被皮带般的东西固定住,动弹不得。光是这样,我就已经对接下来将要发生的事情感到不安了。这次之前,我只进过一次医院,就是和小混混三人组打架打到骨折的那次。关于医院,我其实一无所知。只觉得有各式各样的机械,令人心里发毛。我即将被如何处置呢,心脏怦怦直跳。

医生、护士和警官正在说话,对话的内容时不时地会飘进我的耳朵。

"……头里面……做个切片……"

"啊！！"

说要把我的头切成片？好像真是这么说的。不不，警察怎么可能干出这种事！

"……做个切片，调查一下脑部……"

确确实实说了切片啊！要把我的头切成片来调查什么东西。

不得了了！要被杀了！没错，我确实想用撬棍撬开自动售货机，可我也没撬开啊。不是什么东西都没偷到嘛！明明这样，却还是要被处死，头还得被切成片吗？！

那一瞬间，我大闹了起来。固定好的皮带上的金属零件随即脱落，我一溜烟地冲出了检查室。护士和警官追在身后，医生也追了过来。我拼尽全力，在医院里四处逃窜。

来医院看病的患者和其他医生们目瞪口呆地看着眼前的场面。一个男人穿着病号服跑来跑去，后面有警察在追。这场面不管怎么看，都只可能是一个凶恶的罪犯正试图逃跑吧。

我很快就被抓住了。他们向我说明，所谓"切片"不是真要像切火腿、切鲤鱼那样切成片，警察也不可能杀害嫌疑人。虽然仍有些不安，但我还是决定相信警察的话。

接下来又说要灌肠。那可真是太难为情了，因为护士是个年轻的小姑娘。不过她一直在缓解我的紧张。为什么所有护士都这么温柔呢？真的像天使一样。那位护士还来向我搭话。她问了我一个问题："你到底干了什么啊？"因为我身后跟着5个警官，戒备实在是过于森严了。她说一般不会来这么多人的。

警官们肯定是觉得就像大闹淋浴室那样，我在医院也会惹出点乱子吧。想来也是，在医院的走廊上被手铐铐住，身后还跟着一队警察，被当作非常凶恶的罪犯也是无可奈何啊。

"我还以为你是哪个黑帮的大佬呢。"

护士咯咯地高声笑了起来，我却觉得自己仿佛被她的笑声拯救了。

之后，在拘留所里过夜时，胃疼又犯了。太疼了，疼得我满地打滚。不停地咳嗽，还吐血。这已经不是头回吐血了。在小贝川生活的时候，胃就疼过，然后咳嗽不止，咳出了浓稠的血块。自那以后，就时不时地会吐血。那时，钓友们非常担心我，会轮流给我买药。但是吃了药也没见好，他们又告诉我茨城县的下馆有一位名医。据说是个用药专家，只要跟医生说是胃疼、痉挛、吐血，就能开到很好的药。我被带去了医生那里，吃了那种药后，立刻就好了。这还是我打那之后第一次吐血。我被抬上了救护车,送去了另一家医院。

躺在救护车里的那段时间,胃部依然疼得不行。不过,看见救护车鸣响音量巨大的警笛,满不在乎地闯着红灯,我捏了一把汗,这样难道真的不会被警察逮捕吗?

医生很年轻,但是医术非常高明。都没问我哪里不舒服,只是摸了摸我的腹部,一下子就明白了,"哦哦,这是胃溃疡啊。"太了不起了吧。还给我开了一周剂量的药,吃完以后真的就痊愈了,再也没有吐过血。医生啊,真是厉害。

其实,拘留所没准是一个重新审视自我的宝地。当然了,那些能把人送进拘留所的事情是绝对不能去做的,只不过在调查中会被问到各种各样的问题,哪怕再不情愿,也得直面自己的回忆。

进了拘留所后,我想起了自己小时候的事。被老爹殴打;被用绳子一圈一圈地绑在墓碑上,晾在外面一晚上没人管;沿着铁路一直不停地走……

一想到小白,我就哭得很凶。每天晚上,我都会想起和小白在山中四处游荡的日子,接着,它临终时的面容就浮现在我的眼前,然后我就会哭。在拘留所中度过的大约一百个日子里,我没有一天不在思念小白。

在拘留所里哭个没完,导致我晚上都睡不好觉,变得睡眠不足了。

我经常做梦。梦到在树海里见到的自杀者的尸体正向我逼近。脸色惨白、眼球遭乌鸦啄食而垂落了出来的男人的尸体,在已经化为白骨的尸体旁的树的枝条上缠着的、随风摆荡的女人的头发,它们都站在我的眼前……每次梦到这个,我都会被魇住,胡乱挣扎。

"救命——!"我叫喊出声。因为房间不是单人房,我被一起进来的另一个家伙说了好几次"只要有你在就睡不成觉,你快给我到别处待着去"。

离开拘留所的时候,我被告知需要有身份担保人,但我没有家人。他们又问我有没有亲近的人可以做身份担保人,于是我想到了那位钓友大叔。当我还在小贝川边上的小屋里生活时,他叹服于我的手巧以及钓鱼方面的直觉,敬我为钓鱼老师,还招待我去他家吃过饭,也给我带过便当和药。

平成十五年(2003年)12月19日,茨城县土浦简易法庭宣布判决。

"罪行一:平成十五年4月下旬,被告人于茨城县小贝川平和桥下发现了被姓名不详者停放、遗弃的带有小型发动机的脚踏车,却挪为私用。罪行二：9月12日凌晨0点15分许，被告人企图用撬棍撬开安装于茨城县筑波市日商岩井公司内的清凉饮料自动售货机，从中窃取属于伊藤园管理的现金，因被公司员工发现，最终未能达到目的。被告人于14岁（原编注：实为13岁）时离家出走，在矿山遗迹中生活了四至五年，此后多数时间住在山中或河边，在关东各地奔走谋生，自约两年前起生活在筑波市的河边；今年4月下旬，由于平时使用的脚踏车损坏，企图用放置于桥下的小型摩托车代步，于是将其侵占，构成罪行一。其后，9月12日深夜，被害人食物耗尽，企图用撬棍撬开自动售货机窃取其中现金，因被发现而未能遂行，构成罪行二。两起罪行均是出于诸如想用小型摩托车代步、想要钱买食物之类自我中心的动机而被轻率地实施，此外，罪行二中还涉及使用工具这一性质恶劣的情节，再考虑到被害者蒙受的损失，被告人的刑事责任绝对不容轻视。然而，被告人自14岁的少年时代起便开始独自生活，此前未有过前科，本次是首次受到公诉，并且也在本庭对罪行表示后悔，进行了反省。小型摩托车已被交还被害者，身为被告人钓友的证人保证将雇用被告人为住宿佣工并照顾被告人等事实也已被认定为对被告人有利的事项。在核实了上述情况的基础上，本庭决定，仅限此次，对被告人予以缓期执行。判决如上。"

主审法官诵读完判决书后，对加村先生说道。

"最后呢，站在主审法官的角度，我有两点想对你说。首先，因为这次判了缓期执行，所以你从现在开始就已经是自由身了，但是要是今后再犯了什么罪被抓进监狱，这缓期执行是会被取消的，到时候可就要数罪并罚了。请务必十分自重地生活。

"另一点是关于 A 先生（原编注：钓友大叔）的，是他给你提供的工作，还让你住在他家，照顾你，所以希望你能认真勤勉地工作。另外，你上次不也在法庭上说了吗，'今后打算让生活回到正轨'，请你抱定这个决心生活下去。"

加村先生低下头，轻轻地点了点头。

扫墓

我收拾了小屋，搬进了大叔家里。那天我是穿着睡衣睡的觉。小时候，睡觉时穿的是短裤和衬衣。之后呢，都是怎么穿的就怎么睡，没有睡前换衣的习惯。为我备好的被褥也是蓬蓬软软的。两张褥子，两条被子，还有一条电热毯。居然为了我如此费心，我感激得眼泪都流了出来。不过，由于我从来没在这么好的床上睡过觉，接下来的两天左右都没怎么睡着。

用电动剃须刀刮胡子也是头一次。我对大叔说想要剃须刀，他就把一个和他平时用的手机差不多的东西递给了我。

"这个,不是电话吗?"

听了用法之后,我把那机器抵在胡子上,按下了开关。嗡的一声,滚轮一样的东西高速旋转起来。我被吓了一跳,剃须刀都摔在了地上。

大叔家的厕所也是,和我从前知道的类型都不一样,叫什么温水洗净式厕所。我不知道怎么操作才能冲水,就这里那里地到处按了按,结果,一股温暖的热水从马桶里喷了出来。哦哦,这是用来洗手的吧。居然还有这种又暖和又舒适的功能啊,我心里想。完全没料到那竟然是用来冲洗屁股的热水。其实,在天气很寒冷的时候,还是用它来洗手更舒服,只不过被发现的话会挨骂就是了。

由于与人世疏离已久,我不清楚所谓"在社会中生活"到底是怎么一回事,也没法迅速而恰当地判断什么是必需的,什么不是必需的。直到最近我才深切地体会到,无知真的很可悲。

住在大叔家里的时候,我下定决心,要重访阔别43年的故乡——群马县大间间町。

在拘留所,我得知了双亲已死的消息。

我所知道的故乡,已经不在了。高大的楼房,宽阔的马路……彻彻底底变成了一个陌生的城市。我从小长大的房子也没有了。刻有"加村家之墓"的墓石旁，立有一块刻着我双亲名字的墓碑，应该是兄弟姐妹中的哪位立起来的吧。

天空晴朗，没有一片云。不含一丝水汽的干风从群马的山上刮来，寒冷刺骨，不过和山中的寒气相比，甚至可以算是暖风了。我蹲在墓石前，犹豫着要不要双手合十。

43年没见的我就这么回来了，老爹老娘会怎么想呢？会生气吗？还是会开心呢？我的泪水涌了出来。

下一个要去的地方是镇公所。我在拘留所听说自己已经被认定死亡了，所以想重新办一下户籍。

"我叫加村一马，想看看我的死亡申报。"

"啥？"窗口的办事员一脸惊恐，重问了一遍。

我告知了自己的姓名和儿时住址之后，办事员进了里屋。虽然只等待了几分钟，但我却觉得十分漫长。

看了自己的户籍，我吃了一惊。户籍上显示我在昭和五十四年（1979年）受到了"职权削除"，但并没有被认定为死亡。所谓"职权削除"，指的好像是城镇在发送了税金等通知后没有得到回复，无法确认住民是否还居住在登记地址之类的情况下，将其居民卡注销的一种手续。

我还没死，还活着！太高兴了，我还活着啊！

我登记了大叔的住址，重新取得了居民卡。在市公所的窗口前，我被问到以前的住址。问我这个，该怎么回答才好呢？我哪知道自己住在几丁目几番地啊！

"小贝川。"

"啊？"女性职员很是惊讶。但这就是事实，我也没办法。

"小贝川的河边。"

她哑口无言，沉思起来。

"这么说的人，您还是我见过的第一个……那，就算作住址不明了。"

为完成居民登记，有一些文件需要填写。托流浪汉老师的福，我已经可以工整地写出自己的名字了。不过新住址我写不来，是大叔代我写的。最后的印章倒是我亲手盖的，那是我第一次盖章。盖章也很麻烦啊，又是必须笔直地盖下去，又是要让红色染得饱满清晰的，得考虑好多问题，害得我手都抖了，没法好好盖。幸好还是顺利地盖成了。

保险证也拿到了。这样一来，好像就可以放心地去医院了。不过那么可怕的地方，能不去的话还是别去的好啊。我还拥有了选举权，虽然这么说有点奇怪，但我真心觉得自己总算是个人了。

说起来，我在去办居民卡之前，有生以来头一次去了理发店。因为白发太显眼了有点害臊，想着干脆染一下吧。理发店也很可怕——刚坐在椅子上，被塑料布裹了个严严实实，理发店的老板就拿着剃刀朝我走了过来。

"干……干什么啊，要杀人吗！"

理发店老板被吓了一跳，其实我比他更害怕。他解释说是要来给我刮胡子的，我才明白过来，不过仍然心有余悸。吓死我了，我还以为是来切我喉咙的呢。说归说，理发店还是很不错的。我剃了个好看的和尚头，清爽极了，简直就像换了一个人，心情也雀跃了起来。

还去了银行。大叔说必须得开个账户，因为发工资的时候要用到。

"银行，是做什么的？"

"账户又是啥？"

虽然都是些最平常最基础的事物，但大叔还是不厌其烦地为我一一讲解，讲得很细致。

听说要把钱交给银行保管之后，我很担心。那可是我的钱啊，凭什么非得让别人保管？要是不还给我该怎么办？不过所有人都在往窗口里交钱，这些人胆子可真大啊。后来还是大叔向我保证绝对不会出问题，我才开了银行账户。

大叔是干室内装修的，住进大叔家后，我给他打起了下手。每天早上6点起床，吃完早饭，坐大叔的车前往工地，一直工作到傍晚6点左右。早起对我来说并不痛苦，哪怕要起得更早一点也不在话下。不过深夜里就难受了。工地很远，回家之后已经很晚了，根本睡不好。因为我已经习惯了日出而作、日落而息的作息时间。

我既没有一技之长，又没有从业资质，还没法正经地认字写字，基本上不可能有哪个岗位会要我这种人。大叔说，干这一行需要7到10年才能独当一面。我已经上了年纪，记忆力也不行了，好在这是一项手艺活，让我还保留着那么一股子干劲，想去拼上一把。我希望能尽早掌握这项工作，好报答大叔的恩情。

刚开始干活没几天，就领到了第一个月的工资，有30000日元左右。我最想买的东西是电视，于是大叔带我去了一家二手电器店，花7000日元买了台彩电。每天晚上干完活后都有电视看了，这成了我的一大乐事。我喜欢看有北岛三郎出场的音乐节目，可是他很少出场。

在大叔家住了半年左右之后，我在雪花纷纷飞舞的时节到足尾铜山看了看。从我下山时算起，已经过去了40年。这里的景色和我与小白共同生活的那段时间相比，已经发生了天翻地覆的变化。以前那些裸露着岩层的山如今已经种上了树，绿意在白雪中蔓延开来。请别人帮着测了一下山坡的坡度，有50度。这山坡居然如此陡峭吗！那时只是拼命地往上爬，完全没意识到。我和小白住过的那个半山腰的洞窟还在那里，料理时用来穿刺食材的铁棒也还在。这里，是我烧制出余火，维持火堆不灭的地方。那里，是蛇和青蛙乱七八糟地盘在一起冬眠的地方。我发烧的时候，小白还曾在洞穴深处用水浸湿布块，看护着我……和小白共同生活的那些日子宛如昨日。我的眼泪再也止不住了。

被逮捕后，我的故事在电视和报纸上流传，因此发生了一件好事，也是唯一的一件好事——我和小我两岁的弟弟取得了联系。他住在某个乡下小镇，靠在农场里帮忙干活维生。农场里的人在报纸上读到了我的报道，问他说这个人不会是你哥哥吧，他便去向报社询问了情况，这成了我们重逢的契机。他看上去挺惹人喜爱的。和小时候一样，块头比我稍大一些，不过脸和我很像。听他说，老爹老娘的墓是兄弟姐妹们出钱合建的。

大叔一家子都把我当作家人对待。大叔的孙子也喜欢我，和我很亲近。有家人可真好啊！我也想尽早有个妻子，尽早组建起家庭。多亏了大叔，我已经能够如此畅想了。

室内装修行业见习中。当地的女中学生一见他就说"是洞窟叔叔啊",整天被围观,这令他很苦恼。

到此为止，是将刊行于平成十六年（2004年）5月10日的《洞窟叔叔 荒野的43年 令人惊愕的生存全记述》重新整编后的内容。自那以后又过去了11个年头，加村先生的故事又有了一些后续。

第十一章　重返社会

新的住所

承蒙钓友大叔的深情厚谊，我住进了他家，成了他室内装修工作的助手，受他诸多照顾。可是，一年过去，我和大叔间的关系开始产生了摩擦。无论我再怎么努力工作，当时的月薪在扣除了作为住宿佣工的房费和伙食费后，也就只有区区60000日元。

另外，我也发觉，被大声怒骂"别动嘴，多动动手"的次数在不断增加。而且就算干完活回了家，还得帮大叔的老家插秧或是割稻子，这可是没报酬的。尽管我有心早日独当一面，想尽快地掌握工作的诀窍，可就是没法得偿所愿。这就是所谓的人际关系吗？有太多东西令我烦恼了。终于，对工作的热情也冷却了下来，我从大叔家里逃了出去。那是平成十六年（2004年）11月30日的夜里。

那天，冷风飕飕地拍着我的脸颊，夜空中闪闪发光的星星格外鲜明。我把帐篷、锅和钓竿绑在自行车上，大约花了2个小时，向自己曾经生活过的茨城县小贝川边的桥下骑去。然后从第二天起，我开始埋头于钓鱼和柏青哥，没有生活费了就去打各种杂工或是帮农家干农活，赚点临时收入。又回到了从前那种无家可归的生活。

一天，一个陌生号码给我的手机打来了电话。电话那边，是对我弟弟——那个自我中学离家后就未曾见过面的、小我两岁的弟弟——照顾有加的大叔。他在从事农业活动的同时，还运营着面向残障人士的看护机构。《洞窟叔叔》出版后，我在出演一档提及此书的电视节目时得以和弟弟重逢，借此机会也见到了大叔，并给他留了我的电话号码。

"一马先生吗？其实是这样的，我有个熟人，是某家福利院的董事长，我和他说了你的情况后，他愿意提供协助。总之先见个面吧？"

当时，我只是在电话里为他一直以来照顾我弟弟向他表示了感谢,并没有回应他的问题,之后就把这通电话忘到了脑后。

打那以后,又过了很久。我生活在河边的这段时间里,负责我那本书的编辑小哥对我很是挂心,经常来看我。我们一起钓鱼、生篝火、吃便当、谈天说地。

"快死的时候,我会回山里去的,所以就别管我了……"

每次见面,我都对他这么说,但小哥总是笑嘻嘻的。

次年(2005年)2月上旬。小哥和一个我认识的摄影师一起,开着卡车,来到我在桥下搭起帐篷生活的地方。

"加村先生,你好呀。"

两个人一脸笑容地朝我的帐篷里看。

"你们这是要干吗?"

那一瞬间,我察觉到他俩似乎有所企图。

"你说过,快死的时候会回山里去的,对吧?不过在那之前,难道真不打算重返社会,过一次正常人的生活吗?"

说着说着,这两人就开始把我那宝贵的自行车往卡车的货台上扛。

"干什么呢,你们俩?"

我明明是真的生气了,他俩却还是笑呵呵的。

"从现在开始,就要向加村先生的新天地出发喽。"

我不明就里地被他俩硬拉上了卡车的副驾驶座，离开了小贝川。

"我的家就在这小贝川，就在桥下！放我下去，你们这俩浑蛋……"

我抵抗了，可卡车还是猛地加起了速。没一会儿，小贝川就看不见了。我沉默了下来，呆呆地望着前方。在山路上行驶了好几个小时，河边道路的一旁，突然出现了一条铁路。

好像在哪儿见过这景色啊……

眼前熟悉的景色，正是小时候我离家出走，与小白一同走过的那条国铁足尾线的铁路。

"喂！前面那能看得见的地方，不是足尾铜山吗？"

我兴奋了起来。

小哥也望向远方的山。卡车开到足尾铜山方向的路口，开进了山。山路蜿蜒，我们随着陡峭的坡道起起伏伏，一个劲地开着。最终到达的地方虽然位于山中，却是一栋建在开阔的平地上、有着白色墙壁的楼房。来的这一路上经过的民家屈指可数，基本感受不到人的气息。如果从离得最近的车站徒步走来，怎么着也得花上一个多小时吧。我从卡车上下来，在楼房的停车场里站稳脚步，开始不停地东张西望起来。

还好，我戴着墨镜，不怕被人发现眼珠子正动个没完。

"就是这儿啦，加村先生，从现在起你就要在这里生活喽。"

小哥的脸上浮现出笑容，如此说道，然后把我的自行车从卡车的货台上放了下来。

"说什么呢？我这就回小贝川！这里才不是我的家。"

我跨上自行车，打算逃离此地，却被那两人竭力拦住了。

"干什么，你们这俩浑蛋？！"

我抵抗了，可还是就这么被他俩带进了楼房里的一个房间。被警察局的警官反剪双手时的记忆又苏醒了。

"一直照顾你弟弟的那位先生不是打电话跟你说了吗？"

这么一说，我想起来了，确实接到过农场的大叔打来的电话。说是和一个福利院的董事长关系不错，要为我介绍来着。

"你小子，说了什么吗？"

小哥笑了起来。果不其然啊，是他担心我，才和农场的大叔谈了有关我的新住处的事情。对于新住处的条件，小哥是这么对大叔说的：

"要离加村先生的故乡够近。希望是被自然物产丰富的山或河流——可能的话,最好是有野猪和鹿的那种——围绕的环境。要包住,房子要能遮风挡雨,还得有工作做。没有柏青哥之类的娱乐设施。"

真是个嘴上没遮没拦的家伙啊!

不过,当时的我怎么也没能想到,自己竟然会在这个地方如此长久地住下去。

预制板小屋

这里是一处智力障碍者的自立支援机构。机构负责人是担任社会福利法人"三和会"代表的藤泽敏孝董事长。听董事长说,他开始从事福利事业的契机是一件发生在40多年前的事。

一天,董事长去一位富人朋友家里玩,突然听见后院的仓库里有响动,便往里瞧了瞧。那是个座敷牢一般、非常阴暗的房间,里面生活着两个患有精神病的人,似乎是一对兄弟。原来是这一家族觉得家丑不可外扬,才将两人与世间隔离开来。见到此情此景的董事长当即下定决心,以后要为弱势群体而活。直至今日,董事长一直致力于解决此类问题,据说已经为此奋战了 30 年有余。

听了这个故事，我觉得董事长可真是个了不起的人啊。

董事长担任了群马县内的智力障碍者自立支援机构与生活护理部门、共同生活援助之家、特别养护老人院、咨询·生活支援中心、日间护理中心等十几家机构的代表。我弟弟也受了其中一家的关照。

董事长是弱势群体的伙伴。第一次与这位董事长见面的情景，我记忆犹新。

董事长室的墙壁上饰有数位男性的肖像照，听说是历任董事长的照片。书架里，书名十分难懂的大厚书摆得紧紧实实的。肤色浅黑、身穿工作服的董事长就站在书架前。体格壮硕，简直就像熊一样，散发着压迫感。我回忆起了从前与熊战斗时的一幕幕。

"加村先生来啦，初次见面，我是这个福利院的董事长，藤泽。"

粗犷的声音响彻董事长室。

"……"

我该怎么做才好？搞不懂。

"远道而来辛苦了。我知道加村先生你经历了非常艰辛的人生。不过听说你是群马出身，还和爱犬一起在足尾铜山生活过的时候，真的吃了一惊。说不定我们很有缘哦，就让我们一起努力，克服困难吧，哈哈哈……"

豪爽的笑声从董事长的口中迸发出来。

我该怎么做呢？没觉得有什么可开心的，也笑不出来。毕竟我是被强拉硬拽到这山里来的，还说什么这里是我的新天地，根本摸不着头脑啊。

"总之，你应该累着了吧，请先好好休息。在这里用不着客气，自由自在地生活就好。"

我唯一感受到的一点是，和外表不一样，董事长其实是个温柔、正直的人。

"谢谢。"

我只说了这一句话，说完，又来了一位男性员工，带我前往新居。我的新住处是一间建在福利院内部、被用作物资存放处的预制板小屋。我在小屋旁边看到了一座工厂似的建筑。

"那里，是干吗的？"

我问男性员工。

"那是用间伐材制作筷子的工厂。"

"间伐材？"

从没听说过的词汇。

"就是为了保护森林而应该被砍伐掉的树。"

他淡漠地解释道，可我还是没听明白。我被领进了将成为我的住所的预制板屋，天花板离地将近5米高，长和宽大约有20米和10米，这也太大了吧，我吃了一惊。这房间是个堆放了方材等物的物资存放处，只是在屋子角落的空地铺了6张榻榻米，放上了被炉和组合柜，十分简单。但是它既能遮风挡雨又能防寒，我已经感激不尽了。

只不过，房间实在是大过头了。那天晚上，我怎么都静不下心来，迟迟没法入睡。

可能是因为迄今为止，我在洞窟和河边过夜时睡的床都很窄小吧。而且每到一个新地方，脑子就会不由自主地思索起各种问题来：周围的山里有没有什么能吃的动物；哪里可以保证用水需求；附近有没有鹿和野猪的兽道，如果近处就有的话，是有遭到袭击的风险的……我很在意周围的山里有哪些动物。

早晨，阳光从预制板屋的窗户射了进来，我立马跑出小屋，进了后山，在草丛和杂树丛中走了好几个小时，进行确认工作。

果然，有好些野猪崽子啊……

找到了野猪的脚印和粪便，不知为何，我反倒松了一口气,还是走在山里能令我快乐啊。生活在河边时能钓钓鱼,确实也挺有意思的,但还是山里更能让我静下心来。我怀念小鸟的鸣啭。一阵风吹过,树木的枝条相互摩擦,山白竹的声响也令人心情舒畅。脚踩在地面上的时候,树枝"咔嚓"一下折断的声音同样很动听。我忘记了时间,沐浴在这冬日暖阳里,流连于周围的山中。

回到预制板小屋的时候,已经是傍晚了。我想躺一会儿,钻进了被炉,可是身体和心依然静不下来。

怎么着都不行啊……

我跑出屋,单手拎着铲子,向工厂背后的山中进发。就像以前住在山里时候那样,我在山坡陡峭的斜面上找了个长有树根的地方。挖了一个高1米,宽和深度均为2米左右的洞穴。因为只要长着树根,洞穴就不容易塌。

一铲一铲地飞快挖着土,用铲子的尖头把树根劈开。床嘛,肯定还是和以前一样,摆三根粗圆木,在上面搭五根细木头,最后再密密地铺一层桧树枝。我的另一张床、另一个"隐居处"就这么完成了。我用草和树枝把入口盖住。

从那天开始,只要我在预制板小屋里睡得不好,就会去隐居处过夜。

保岛女士

一个傍晚,我在预制板小屋里,躺进了被炉,正优哉游哉的。

哐哐哐,有人敲门。

"什么事?"

没人答复,只是门被一下子推开了。

"那个,不好意思。"

答话的是一个陌生年轻男子,看着像是这里的工作人员,他一边说话,一边从门外探出半张脸来。应该是听说了我是"洞窟叔叔",觉得我是个怪人吧,没准心里还有点害怕。那点小心思,从他的态度中就能看出来了。

"藤泽董事长有话要和加村先生你说,问你能不能去一趟事务所……"

"啊?董事长吗?好,知道了。"

长相可怖、体格像熊一样健壮、散发着压迫感的董事长要叫我过去。

不过,我应该没犯什么事啊。难道是要和我说"你还是回山里去吧"……我感到胸口怦怦怦地跳个不停。

"小哥,你是这里的文员吗?"

我在为我带路的年轻男子背后向他搭话。

"啊,对,没错。这边走。"

从他肩膀微耸、小跑着的背影可以看出,他在烦恼该如何和我对话。

小哥消失在了办公室里。我赶忙朝里看去,里面有年轻的,也有上了岁数的,男男女女十来人正盯着电视机屏幕,双手敲打着巧克力板一样的东西,敲得啪啪作响。后来我才知道那其实是电脑。其他文员则交替看着厚厚的资料和笔记本,脸在两者之间转来转去,还时不时地接电话,真是一派忙乱的光景。

打开办公室的门,迈进第一步的瞬间,全办公室的人的脸一起转了过来,凝视着我。

哇,怎么回事?

我被吓了一小跳。文员们又轻轻低下了头,回到了工作中。

什么意思啊?

凑巧,我和坐在办公室内侧的桌子前的一位40岁左右的女性对上了视线。她皮肤很白,是个富态的美人,蜻蜓点水般地朝我点了下头。

怎么回事,这个人?感觉还挺不错的啊,很和善的样子。

不知为何,我感到一股暖意。位于办公室隔壁的董事长室的门打开了。

"加村先生,能来一下吗?"

房间里传来粗犷的声音。

我走进董事长室,董事长的书桌非常大,大得足够让一只巨型野猪躺在上面。董事长此时正端坐于那张书桌前的一把椅子上。幸好,他穿的是工作服。如果他穿的是西装或者和服的话,一定很像以前我在脱衣舞剧场惹上麻烦时把我打得惨不忍睹的那群小混混的老大。他那张可怖的脸上突然挂起了笑容。

"有什么事吗?"

我战战兢兢地问道。

"其实是这样,我在想,加村先生在我们这里生活的时候,肯定有很多事情都是第一次碰到,所以我想给你介绍一个会帮助你、照顾你的人,这才叫你过来的。"

董事长笑了笑,啜饮了一口茶。

"我不用回山里去吗?"

心里的想法不经意间脱口而出。

"啊?加村先生,你这说的是什么话?在这里住得还顺心的话，想住多久都可以哦。你觉得我会把你赶回山里，是吗？哈哈哈……"

董事长豪爽地大笑出声。

"保岛女士，方便来一下吗？"

我顺着董事长的目光望去。

啊，那个女人是……

正是在隔壁办公室里看到的，刚刚那个和我对上视线，还向我微笑的女性。

"失礼了。"

轻快地点了下头，然后走进董事长室的是文员保岛典子女士，据说已经在这里工作了17年，是位老员工。我简直就像失语了似的，不知道该如何跟她打招呼。

"初次见面，我叫保岛典子，在这里工作。你是加村先生吧，我从董事长那儿听说了很多关于你的故事，很想见见你。"

很想见见我？想见我这种人？怎么会？

我觉得她是个奇怪的女性。住在洞窟里，还会吃蝙蝠、蛇、鹿和野猪，听了我在山中与河边生活的故事，就连男的都会觉得恶心而退避三舍。一直以来都是这样的。但是这位女性不一样，她居然想见我，到底是怎么回事？

"如果有什么困扰的话,不用客气,无论什么时候都请来和我说。"

当时我还没有意识到,她的笑脸正是能够将我封闭已久的心门打开的存在。

"啊,请多关照。"

我慌忙地低下了头。

"哎呀,加村先生竟然还会紧张吗?哈哈哈……"

董事长的笑声响彻整个房间。

加村先生在工厂后面挖出的洞穴。哪怕是现在,当他静不下心的时候,还是会到这个"秘密基地"里去。

第十二章　蓝莓田

在建筑工地见习

"加村先生，虽说一直在这里生活也没问题，不过我觉得还是去外面体验一下职场比较好，也算是学习社会经验了。我通过别人联系好了一家建筑公司，怎么样，要不要再工作一次试试？"

听了董事长的话，我心口一热。尽管才刚认识没几天，却如此为我着想，甚至还帮我找了工作，我非常高兴。

老实说，我还没有想要工作的打算，真要开始工作了，肯定会很不安。但既然董事长都为我操心操到这个份儿上了,我绝不能辜负他的诚意。

"董事长,谢谢您。我不知道自己能不能做好,不过会尽量努力工作的。"

我向董事长表达了谢意。

那天晚上,我钻进被窝。

明天工作的地方会有什么样的人呢?我该说点什么才好?

我试着去想象了,可是什么场景都没能描绘出来。回过神来,不知不觉间,早晨的阳光已经射进了窗。

时值 2 月,而且是在群马县的山里,早上的气温不足 5 摄氏度。风一吹,脸颊被冻得就像结了冰一样。

早上 7 点多,我跨上自行车,前往董事长告诉我的那家建筑公司。福利院在山里,虽然周围铺好了路,但大多是九曲十八弯的陡峭坡道。朝公司去的路上基本都是下坡,所以随着自行车速度加快,心情也畅快了起来。

再加上山里还没什么人,我起了兴致,把自行车蹬得飞快。就在那时……

"哎呀!啥?!"

一个急刹车,我失去了平衡,连人带车摔倒在地。

几道黑影唰地横穿过道路,是一家子貉。

"太危险了吧,想被碾死吗?!看着点!"

已经逃进林中的貉一家用警惕的目光瞪着我。

对我来说,这还是第一次上班。心里有点七上八下的,我推开了公司的门,里面有看上去很和善的大叔,也有眼神犀利、身材健壮的小伙子。不过我以前也见过类似的阵仗,倒没必要太担心。

"加村先生吗?你好像被叫作什么'洞窟叔叔',是吧?无所谓啦,从现在开始你就跟着我干活了,加油吧,请多关照。"

这个皮笑肉不笑地用眼神把我全身上下舔了个遍的男人似乎就是工地的监工。

"喂,那边的大叔,干活去喽!"

年轻人从背后高喊道。

"哦。"

为了不被小瞧,我压低声音回复了他。

我们去的工地里,道路的铺设和整修这些工作都是行家里手们开着液压挖掘机啊、压路机啊这种机械设备来做的。我可没有这些大家伙的操作证,只能做点力气活,除除草、砌砌石墙、搬搬东西。

"喂,你,搬快点啊。"

"蠢死了,不是那边,你睡昏头了吗?"

年轻人的骂声接踵而至。

我此前一直都生活在山里或是河边,在这期间,几乎就没有被别人用如此粗暴的语言对待过。更何况还是被比我年轻的毛头小子们当成傻瓜,我被他们的话气得七窍生烟。

这份工作的工钱也很少。

"就这点吗?"

住在茨城县小贝川边的时候,我能靠我最喜欢的钓鱼赚取生活费。一条天然鳗鱼能卖 3000 日元。还会被一起钓鱼的伙伴们称作"大师",听到的都是"谢谢啊""帮大忙了"之类的赞美之词……

的确,我缺乏社会经验,也不习惯与人交谈,可是在工地干活的男人们口中的那些话,在我听来实在是粗暴得过头了。尽管如此,我还是强忍着,没和他们打起来,一来是因为这份工作是董事长给我介绍的,二来则是因为我和保岛女士有一个约定。

"加村先生,只要参加工作,一定会觉得人际关系非常麻烦,会有很多痛苦的事;但要知道,无论哪个职场,都是有各种各样的人存在的,要努力克服困难哦。"

听了保岛女士的话,我本打算哪怕拼了命,也一定要坚持工作半年以上。然而，虽然想着要去上班，但是身体和心都已经不听使唤了。不知不觉间，我开始逃班。

一天早上，我心想"烦死了，逃班吧"，于是又赌气睡下了。

"喂，加村先生，还在睡吗？"

已经被我当成了家的预制板小屋的门被猛地推开，伴着"咚咚咚"的响亮脚步声，保岛女士闯了进来。

"怎……怎么了？"

不经意间，我已经被她的气势压倒了。

"还'怎么了'呢？为什么不去上班啊？这不是逃班吗！"

我被保岛女士抓住胳膊，硬塞进了她车子的副驾驶座。用从电视上学到的词来说，这难道不是"绑架"吗？她的行动实在是既大胆，又强硬。

"我已经不想去了，有人把我当傻子。"

开往工地的路上，我在副驾驶座上闹着脾气。

"说什么呢，那不是更得加把劲了嘛！"

"加把劲揍他们吗？"

我不依不饶。

"不是啦，要加把劲忍住。"

之后一段时间里，我一忍再忍，努力工作。

可是，还是不行。某天发生的事彻底把我给惹毛了。我一直尽力去信任同在工地工作的人，把他们看作伙伴，但忍耐终究还是有限度的。

"怎么会有这么不讲理的事！"

从那天起，我不再相信他人了。

人，为什么要说谎呢？

我又恨又恼，蹬起自行车就回去了。

决心已定，我把所有的食物和以前用过的帐篷都绑在了自行车后架上。我唯一的遗憾，或者说，唯一令我觉得过意不去的，就是到头来还是没能遵守和保岛女士的约定。但即使是我，也是会忍无可忍的。离开的时候和保岛女士道别会很难受，所以我打算骑上自行车悄悄地出去。

可是，就在我经过办公室的门前的时候。

"加村先生，等等！"

保岛女士追了过来。

"干吗啊，别管我了，别再追了。"

我甩开保岛女士的手。

"为什么要逃？你要是再逃的话就真完了！"

她又抓住了我的胳膊，不肯放开。

"没我这个人的话,你也能省点心吧?没人会因为我不在了而难过的。大山在呼唤我。"

力气比较大的人明明应该是我才对,可保岛女士的腕力似乎更胜一筹。

"所有的人,所有的人可都是在拼命地活着啊。不管发生多么痛苦的事,大家都咬紧牙关,为了生活下去而拼尽全力。怎么会没有人关心加村先生你呢!千万不能逃避啊!"

保岛女士哽咽了。

"我要回山里去!够了,放我走啊。"

话已经说到这个份儿上了,保岛女士仍然张开双臂,拦在我的自行车前。对我的关怀之情,已经展现得淋漓尽致了。可是我已经放出话来要回山里,如果这就爽快地回去,未免也太丢人现眼了,于是我跨上自行车,打算逃走。

"喂,加村,闹够了吧,有完没完!"

哐当!

我摔倒在地。

"好疼……你干吗啊?"

保岛女士整个人冲了过来,撞倒了我的自行车。那威力与气势,简直和野猪的冲锋不相上下。

浑蛋,这是哪门子蛮力啊?!

"嘿——哟——"

保岛女士轻松地扛起了我的自行车,径直快步走向办公室。

唉,我宝贵的自行车……

无力反抗,无法反驳。

我已经败给了她的气魄,只能望着她的背影远去……

蓝莓田

从茨城县小贝川移居到我出生的故乡群马,已经在这家福利院里叨扰了一年有余。第一份工作是去建筑公司干活,不过发生了很多事情,我已经不干了。

在那之后,我也和董事长谈过了,目前,福利院住客们住处的屋顶、走廊内墙、澡堂等地的检查确认,以及各个出了问题的地方的修缮、修复工作都是交给我来负责的。

一天,我正和往常一样在院里走动,有一位文员来叫我。

"加村先生,董事长好像有话想跟你说。"

"我知道了。"

董事长直接找我的时候,一般是有大活要交给我了。

之前也是，他居然把山林采伐的工作交给我负责，我当时都惊呆了，赶忙连声答应，应承了下来。我也是个被别人信赖着的人了，这实在难能可贵，我非常感激。被他人信赖，居然是一件如此令人快乐的事。

回想起来，住在小贝川的时候也一样，料理店的年轻人都来拜托我捕鳗鱼、捞蚬子。我把鲇鱼和小鱼分给其他钓鱼人，他们则给我带来米和便当。我深知信赖关系的构筑是一件多么艰难、多么费劲的事，而且这算是用自己的方式领悟了这一点。

如今，来到这座福利院后，我终于一步步地收获了以董事长为代表的工作人员的信任。

"加村先生，这次又有点事想拜托你。"

虽然董事长曾对我说过"我们年纪一样，就没必要用敬语啦"，但我万万做不到。我现在生活在深爱的山中，有一份能领薪水的工作，住着有浴室的房子，每一天都过得非常幸福，而这一切，都是拜董事长所赐。

我13岁时离家出走，距今已有50多年，一路走来也遇上了形形色色的人，不过像董事长这样宛如释迦牟尼——还是菩萨？不，应该是佛祖吧——般宽厚慷慨的人，真是前所未见。

第一次见面时,董事长的形象看起来可不像是好人,倒像个黑社会老大,一开始心里有点畏惧,不过在来往中发现,世界上居然还有如此善于照顾他人、如此和善的人。因此,尽管我和董事长同龄,但他在我心中是一个令人无比敬仰、无比感激的存在,我一直对他用着敬语。而且说老实话,和董事长面对面的时候,那压迫感实在是太强了。所以我无论如何也得小心谨慎地说话。

我没有和董事长两人单独喝过酒,不过时不时会像这样在董事长室或者田边一边喝着茶,一边聊着近况。

每当我向董事长报告最近工作地点的状况有哪些不顺时,他都会尽力帮助我,让我能够充分施展自己的能力完成工作。而且依我所见,董事长不仅对我是这样,对其他文员和院内的员工也都是如此。

这次,董事长又有事要交给我了。

"您好。"

我点了点头,不过没有脱帽子。

失礼啦,董事长。

"加村先生,这么忙还叫你过来,不好意思啦。我有点事想和你商量商量。"

董事长美滋滋地啜饮了几口茶,笑道。

"什么事？"我有点紧张。

"其实是这样的，外面的田地，你知道吧？"

"嗯，知道的。"

"我一直梦想着能栽培出蓝莓，到现在也挑战了很多次了，可是怎么都不顺。就算结出了果实，果实也很小。种不出我理想中的蓝莓，甚至都没法用来做果酱，还会被野猪和鹿偷吃……"

"蓝莓？"

说到我所知道的花和水果，最先想起的是少年时代和小白一起在山里散步时发现的野生的鲜红色兰花与被我误以为要连皮吃的香蕉。然后是绽放在山野与河边的蒲公英、油菜花、堇花、樱花和梅花，还有蘑菇、橘子和柿子。剩下的就都是些药草和杂草了……

"蓝莓"究竟是个什么东西，我怎么也想象不出来，只觉得这名字听起来挺帅气的，却还是一头雾水。

"加村先生不是很擅长摆弄土地吗，所以我就想把我重视的其中一块蓝莓田交给你负责，不知道你愿不愿意呢？"

睡着时耳朵里进了蚯蚓……不不，这种时候，该说是"睡着时耳朵里进了水"啊，我差点从椅子上摔下去。

"不，董事长，这个……把董事长重视的那个什么蓝还是红什么的交给我负责？是说让我来照料吗？这我有点……"

其实我是想，如果董事长珍爱的蓝莓被我弄枯了的话，他肯定会处罚我的吧。一旦栽培失败，手上的所有工作可能都要丢了，也许还会被赶出去。明明好不容易才遇上保岛女士这么出色的人的……

一瞬间，这些念头从我的脑海中掠过。

"不了，董事长，饶了我吧。如果把蓝莓搞砸了，我会被炒掉，也没法在这里住下去了吧……"

我不禁脱口而出。

"哈哈哈……你在想这个，加村先生？在你眼中，我是个那么小气的人吗？"

"不，怎么可能……"

我的脸腾地热了起来。

"加村先生你想怎么做，就怎么做，没关系的。哪怕枯了、失败了，也不会炒掉你。"

听了董事长的话，我松了口气。

"那，红莓的事，我会加油的。"

我抬起了头。

"不是'红'莓啦，是'蓝'莓。那就拜托你喽。"

董事长笑着按了按我的背。

得到他人信赖,并被托付以工作,真的会令人心花怒放。从那天开始,我每天早、中、晚都会去蓝莓田转转。那片蓝莓田是一块长约50米、宽约20米的土地。

我打算从保护蓝莓果实开始,建一道坚固的防护网,以抵挡那些对蓝莓虎视眈眈的貉、野猪、鹿、熊等野兽以及各种鸟类。对我来说,这种和猎物有关的工作实在是轻松简单,而且乐趣无穷。我甚至想在田地周围做一些捕捉野兽的陷阱,便向董事长提出了自己的想法。

"加村先生,田地的防护网已经很好啦,你要做陷阱是打算干吗?"

既然董事长问了,我就坦诚相告了。

"打算抓来吃掉。野猪和鹿可好吃了,可以美餐一顿哟。"

"不行不行,这年头可不能随便逮野猪和鹿。我很理解你的心情,但是绝对不许。总之到防护网这一步就足够了。"

听从苦笑着的董事长的指示,我在田边建起了一道坚固的铁丝防护网。

最为关键的蓝莓栽培法我还一窍不通,为此,我去向附近农家的大叔请教。大叔亲切地将栽培方法教给了我。

每年6月到8月上旬,蓝莓会长得很大。为了能在劳作之余有个地方稍事歇息,我用收集来的废料在农场入口前搭了间小屋。

共属于董事长和我的蓝莓已经能长到玻璃弹珠那么大了。越来越多的游客想一睹我们大蓝莓的风采,专程前来采摘,听说还不乏来自县外的。看着一大家子其乐融融地采摘蓝莓的样子,我心里也美滋滋的。

我的爱好从此又多了一项——蓝莓栽培。

董事长,真的谢谢您了。

加村先生的蓝莓是完全无农药的，甜味浓厚，人气很高，甚至有很多来自县外的订购电话不断打过来。

第十三章 梦

回转寿司

来福利院之后,我度过休息日的方式无非是在家里看看电视,或者去蓝莓田巡视几圈。有时突然怀恋起山里生活,我就会到福利院的后山里去。闻闻草、木、花的气味,循着野猪的足迹和粪便在兽道上散散步,一整天的心情都会很好。

那是一个雨天,我正在家心不在焉地看着电视,突然手机响了。

"加村先生,肚子饿不饿?要不要去吃点东西?"

天使的声音!

我如此形容她的声音。那是福利院里的文员保岛女士的声音。她总是在为我着想。

"好,肚子还真有点饿了。"

下雨天,我其实不怎么愿意出门,但既然保岛女士如此为我操心,特意来关照我,我也不能拂了她的好意。每次进城,基本都是搭保岛女士的车。那是辆花哨的粉红色汽车。

"有什么想吃的吗?"

握着方向盘的保岛女士问我。

"比起肉来,还是鱼好一点啊,我想吃金枪鱼了。"

她立刻对我的话做出了反应。

"那就去回转寿司吧?"

"'回转寿司'是啥?不是普通的寿司店吗?"

我没能一下子弄明白她说的话。寿司店我多少还是知道的。头绑扎头绳、身穿白围裙的师傅隔着柜台与客人面对着面,客人点单,师傅捏寿司。但"回转寿司"这个词却令我一头雾水。

"就是寿司都装在盘子上,在客人面前转的寿司店哟。"

还是没听懂。

吃的时候,装着寿司的盘子在面前骨碌碌地转吗?要是转得像陀螺一样的话还怎么下筷子啊？居然还有这种奇怪的店……尽管心里是这么想的，不过能吃到我最爱吃的金枪鱼手握的话，去就去呗。

大路边上，我看到了写着"回转寿司"四个亮闪闪的大字的荧光招牌。

"是那个吗？"

停车场很宽敞，店也很大。

我跟在保岛女士身后进了店。

"客人，里面请！"

"您请，欢迎光临！"

柜台内有接近10位年轻的寿司师傅，一个个都朝气蓬勃。客人的位置上有带着孩子的一家人、情侣、老夫妇和看着像是棒球部员的高中生。桌子上堆着一叠圆圆的盘子，大概堆了20厘米高。

"什么啊，那是？"

一条小型传送带正在客人们面前咔嗒咔嗒地低声运转着，我曾在工地上见过类似的东西。

明明没有人，寿司却在自己动……啊，原来如此！

"回转寿司"原来是这个意思啊！

"加村先生，这边。"

在保岛女士的引导下，我坐在了柜台旁。

"加村先生，这里呢，你想吃哪个盘子上的寿司，自己把盘子拿下来就行。来，试试看吧。"

虽然保岛女士教了我方法，但是这传送带转得实在是快。我的目光紧紧地锁定住放在上面正朝我转过来的盘子。

"快啊，再不快点拿盘子的话就要过去了。"

被身旁的保岛女士催了。

"啊，是金枪鱼。"

装着金枪鱼的盘子从我面前经过，我缓缓地伸出了手。

"啊，这金枪鱼，好快！"

从我面前通过的金枪鱼，眨眼间，就被我左边的大爷连着盘子取了下来，塞进了嘴里。

可恶。

"你在干吗呢？看，你爱吃的星鳗和三文鱼要来了。"

"哦、哦，等等，浑蛋。"

眨眼间，星鳗悄无声息地从我面前溜过，又落到了那个大爷手里，他吃得很香。我把握不好时机，一个盘子都没能拿到。眼看我一再放跑猎物的保岛女士麻利地伸出手，拿下了星鳗。不对，拿下了装着星鳗的盘子。

"谢谢。"

之前也发生过类似的状况。是在上自动扶梯的时候，我没法顺利地站上去。和打猎不一样，可能只要对手是会动的机械，我就把握不好时机。屡屡碰壁啊。

"肯定会到面前来的，没必要一直盯着。只要点单就能吃到刚捏出来的寿司，不停地点吧。"

说是这么说，但是我很不擅长向第一次见的人搭话。可如果一直这么等下去，就要饿死了……

"请来一份金枪鱼！"

不过，直接向师傅点单还是太难为情了，我做不到，我是对保岛女士说的。

电影院

保岛女士引领我见识了很多从未接触过的世界。那是盛夏里的一天。

"加村先生，今天有空的话，要不要去看电影？"

保岛女士打来了电话。以前和她聊天时我曾说过"我还没去过电影院呢"，看来她似乎记得很清楚。

保岛女士总是认真地听我说话，带我体验各种各样的事物。那天也是我第一次去电影院。

"想看什么电影？"

我立刻回答："《寅次郎的故事》《卡车野郎》《无仁义之战》这些吧。虽然都在电视上看过，但好不容易有机会去趟电影院，还是想在电影院看看啊。"

"是啊，如果有加村先生想看的电影在放就好了。"

我们俩去了电影院的售票处。

然而……

时值8月，正好是儿童暑假专场，上映的都是些什么《蜡笔小新》《哆啦A梦》之类的片子。

"啥啊这是，漫画？是种叫'哆啦A梦'的动物吗？"

我望着广告牌上那个头部巨大的奇异生物。

"上映的都是些动画电影和外国片啊！毕竟是暑假，也没办法啦。不要紧，反正主要是来让你看看电影院是个什么样的地方的，就看这部吧。"

我们没看动画，而是选了一部名叫《机器人情缘》的电影。

刚进电影院我就吃了一惊，屏幕怎么大成这样。

家里的电视是14寸的，这屏幕比1000台电视还大吧……

保岛女士给我买来了橙汁和爆米花。

"可以一边喝果汁一边看电影吗？看电影的时候吃零食的话，电影院的人不会生气吗？"

还挺无拘无束的呢，有点意外。

"没关系的，喝果汁、吃零食都行。不过外带食品是禁止的，也不能用手机。"

保岛女士教了我电影院的观影礼仪。

"加村先生，把墨镜摘下来吧？"

这也是礼仪吗？尽管保岛女士说摘下来比较好，但这墨镜我是一直戴着的。

因为我忘不了以前在工作的地方被说过的话。

"真是个目光凶恶的家伙啊……想挑事吗？"

在那之前，我自己从没意识到这点。但自那以后，直到现在进了福利院，我都经常被这么说。我一直生活在洞窟和山野中，与大家不同，我的眼神可能更像是野兽吧……一旦开始这么想，之后不管去哪儿就都不肯摘掉墨镜了。

可是，电影院里的灯关了之后，周围变得一片漆黑，我什么都看不见了。

"保岛女士，你在哪儿呢？我找不到你。"

"我就在旁边啊。你还戴着墨镜呢，肯定什么都看不见呀。"

她低声窃笑,听见她的笑声,我的心也安定了下来。

大量机器人在屏幕上登场,接着,锵!咯吱咯吱,嘎嘎嘎——巨大的声音在我耳边炸响。

"这声音太可怕了。两只耳朵都好疼,受不了啦。"

我从未听过音量如此巨大的声响和音乐,实在难以忍受,不自觉地堵住了耳朵。

"电影院的音响效果很厉害的。就是因为音量这么大才令人震撼呀。"

尽管保岛女士向我做了说明,但这真是我第一次听见这么响的声音。

在小贝川边钓鱼的时候,我听过收音机,不过音量都调得很低,这样才不会把鱼吓跑。

可是电影院的音量简直快把我的耳膜震破了,反正就是很疼。而且沙发还软软的,也说不清坐着是舒服还是不舒服。30分钟过后,屁股那块变得又痒又痛。

糟了,屁股疼,想尽快站起来啊……

我打算告诉保岛女士想快点离开电影院,便向她望去,竟发现她正哗哗地流着眼泪。

"怎么哭了?"

我轻声问她,她答道。

"这么感动的场景,你看不懂吗?"

我也用手帕擤了擤鼻子,然而心里并没有什么感触。

不就是机器人出来了嘛,保岛女士为什么要哭呢?

离开电影院后,我被保岛女士骂了。

"请再多多地看些电影,懂得感动可是很重要的哦。"

唉,还是想看《寅次郎的故事》啊……

孩子们与生存体验

春天过去,天气微热起来,福利院周边山里的树木生长茂盛,飘来一阵阵新绿的气息。那是个万里无云的日子,我在和煦的阳光下望着正在茁壮成长的蓝莓果实。

"在呢,加村先生,可以稍微打扰您一下吗?我和朋友共同举办了一个面向儿童的夏令营,今年夏天,我们打算进行一次活动,不知道您愿不愿意参与进来,带给孩子们一些特别的体验呢?"

一位男性文员来向我搭话,他来自一个组织面向儿童的志愿慈善活动的机构。

"夏令营是干什么的?"我探出身子询问道。

"详细的内容目前还没定下来,基本的想法是把生活在城市里的孩子们带进山里、河边这样的自然环境中，让他们体验一些东西。今年的话，我们在考虑铁桶浴之类的会不会比较有意思。"

"在自然中体验？"我的心跃动了起来，"行啊，如果我能帮得上忙的话。"

"真的吗？！有像您这样生存经验丰富的人协助，我就踏实多了。那么，详细内容我们之后再谈。"

那位文员带着笑容回去工作了。我摸着蓝莓果实，已经开始想象起了野外生存的世界。

什么东西能让孩子们高兴呢？能用上工具的话应该挺有乐趣的吧……

自从来到这里，我一直在思考一个问题。我中学时离家出走，与小白一起住在洞窟中，一个人在山里生活。自己制作弓箭和陷阱，靠打猎为生。可我看电视的时候发现，现在根本没有大人向孩子们传授野外生存经验的节目。如果日本发生了震灾，食物没了、水也没了，可该如何是好？

为了应对那种状况，求生的力量是应该要掌握的。我想把那种求生术、野外生存技术教给孩子们。现在，机会终于来了。

我立刻动手准备捕鸟的陷阱，又做了几张弓和一些箭。

弓弦呢，我觉得越硬越好，便试着用了金属丝。拉开弦再放开，会响起力道十足的"嘣"的一声。

好嘞！用这个的话，连野猪都射得死……

正好有些不用的旧榻榻米，拿来试试箭。

嘣！嗖！

箭尖从榻榻米的背面穿了出来，完美！我春风满面地握着弓箭，去找那位文员。

"我试着做了弓箭和捕鸟的陷阱哟。"

文员吓了一跳。

"啊，已经做好了吗？捕鸟的陷阱？"

"没错。只要鸟把头伸进这里一点点，就会被'啪'的一下夹住，只能束手就擒啦。还有，这张弓的弦可强了，连野猪都射得死。大家一起做火锅吃吧。"

谁知，文员苦笑了起来。

"不不，您做的捕鸟陷阱的确很厉害，但我们还没考虑过要去抓野生的鸟，而且杀野猪什么的，现在可是不允许的哦……"

他好像很为难。

哦，想起来好像以前和董事长聊天，我提到"野猪和鹿抓来吃的话可香了"时，董事长也告诉过我必须得到许可来着……

最后，捕鸟陷阱没能通过，弓箭的使用许可倒是批下来了。不过，不允许捕捉活的猎物。顶多只能作为一种玩具，而且希望我把弓弦的力度调弱一点。

8月，举办夏令营的日子到了，我和《洞窟叔叔》的编辑小哥，还有那位摄像师一起进了远离人烟的山里等待孩子们。近10名小学生出现在了夏令营的会场，好像是从东京那边来的。

"您好！"

从面包车上下来的孩子们用充满朝气的声音问了好。

"你们好！"

我也精神饱满地回应。

就这样，在志愿者和福利院文员的引导下，夏令营开始了。又是爬树，又是游泳，孩子们都兴高采烈的。出了很多汗，玩得不亦乐乎。接下来要等铁桶浴的洗澡水烧热，这段时间，就是我和孩子们接触交流的时间了。

文员招呼孩子们："大家，集合啦！其实呢，这位就是'洞窟叔叔'，他小的时候曾和自己的爱犬一起在洞窟里住了很长一段时间哦。"

"哇！真的吗？"

孩子们都震惊了，一齐探出身子。

"他还自己制作捕鸟的陷阱和弓箭，猎捕野猪、鹿和兔子来吃呢。"

文员介绍完后，孩子们欢呼起来。

"好厉害，还吃野猪了吗？"

"真的能用弓箭射死兔子吗？"

孩子们的眼睛仿佛在发光。我嘴笨，光靠说的没法解释清楚，于是拿出了做好的弓箭给他们看。

"这就是弓箭。"

"哇——弓箭！箭能飞多远？"

孩子们伸出手，想要触摸弓箭。

"先等等，这把弓力道很足，挺危险的。现在开始教你们使用方法。"

我站在孩子们前方，拉开弓弦。嘣！低音响起的同时，飞出去的箭迅猛地扎进了10米外的旧榻榻米中。

"好强……真正的弓箭啊！"

"榻榻米都扎得进去哦。"

他们之所以如此惊叹这把弓的威力，大概是因为玩具店里卖的弓箭和这把弓完完全全不是一回事吧。

"也给我试试。"

"我也要拉弓。"

孩子们接二连三地举起了手,编辑小哥把孩子们排成一队。多亏他们提前帮我做好了靶子,现场的氛围就像庙会一样热闹。

靶子的中心,贴了个鼓鼓的气球。

孩子们瞄准气球,拉开了弓。嘭!气球破裂的声音猛地响起。

"中啦!"

"下一个该我喽。"

孩子们的眼睛熠熠生辉。

我告诉他们,弓箭绝对不能对着人。事实上,对准任何生物都不行。在进行危险的游戏时,要把规则教给孩子们,这可是非常重要的。

满身大汗的孩子们进了铁桶,洗起了铁桶浴,十分开心。夕阳落到了山对面,快到和孩子们告别的时候了。

还想教给他们更多的生存技术啊,还想高高兴兴地和他们待在一起啊……

和孩子们一起度过的这段时间,我打从心底感到了快乐。

"洞窟叔叔,在今天玩的这么多游戏中,最好玩的就是弓箭了。谢谢您。"

"我也觉得弓箭是最有意思的,箭的速度太快了,看都看不清,我被吓了一跳呢!谢谢您啦。"

"下次还要再教我用弓箭哦。谢谢,拜拜。"

孩子们的话语和笑容,对我来说就是最好的回报。

想把生存技术教给很多很多孩子!

我有了一个珍贵的梦想。

加村先生与负责照顾他的保岛女士。据加村先生说,对他而言,保岛女士是个"老娘般的人"。

第十四章　约定

My home 与吐司

那是我已经在福利院用地里用作物资存放处的预制板小屋中住了两年时发生的事了。董事长找到了我。

"加村先生,也该是时候了吧,难道你不想有个 my home 吗?"

董事长笑着对我说。

"My home?"

我没听懂他说的是什么意思。不过,尽管后来知道了 my home 指的是自己的家,我也觉得没必要,因为有这间能够遮风挡雨的预制板小屋已经足够了。

即便如此，董事长还是为我开展了"加村home"建设计划。当然，我总不能什么事情都依赖着董事长。于是决定自己出钱，预算400000日元。我肯定掏不出这么大一笔钱，所以就找董事长借了。用现在的话说，就是所谓的"贷款"啦。

"等你以后混出头来了再还吧。"

董事长能这么说，我还是很感激的，不过我应该没法混出头了吧，所以还是让董事长给我办了手续，从我每个月的工资里划出一部分来还款。

基础工程全都委托一位和福利院来往密切的土木工程公司的部长先生来做了。在那之后，土木工程公司的部长、董事长、附近一个乐于助人的大叔还有我一共四个人，就利用周末的时间，努力建设小屋。从附近的建材市场买了方材、木材和三合板，同时也最大限度地利用了院里的废料，希望把费用压缩到最低。

暑气之中，保岛女士会为帮我施工的人们送来茶和点心。在大家的协作下，花了一个月时间，my home完工了。

"'加村home'建成了呢，真是间漂亮的房子啊，太好了！"

保岛女士为我开心。

房间的面积约为10平方米,当然,是通了电的。用上了买来的二手面包机和微波炉,非常方便。

"加村home"刚建成的那阵子,保岛女士下班时经常会来看看,不过一段时间后,可能是工作忙起来了吧,不怎么能见得到她了。我只要一看她的笑容,一整天的疲劳就会飞到九霄云外,充满了去迎接新的一天的活力,可这世上哪有那么多顺心如意的事呢。

怎么会这样呢?要怎么做才能请她来玩呢?

突然,我想起了保岛女士以前顺路来我家时说过的话。

"刚刚下班,啊,饿死了,忍不到吃晚饭啦……"

对啊!如果我做点什么请她吃的话,她应该会开心的吧。涂满黄油的厚切吐司之类的东西,我也是能做的。

到了保岛女士的下班时间,为了见到她,我悄悄地去了她的办公室。文员们要么和电脑较着劲,要么在打电话,很忙碌的样子。打扰到他们就不好了,所以我一直在外面等着,等了一会儿,保岛女士出来了。

"哎呀,加村先生,怎么了?"

她还是一如既往地带着笑容跟我说话。

"下班了吗?"

想装成偶遇,但演技这东西还真是不简单。那些能在电视剧里扮演角色的演员实在太厉害了,我第一次体会到这一点。

"不好意思啊,最近都没法去看你,多了些新工作。"

她立刻满怀歉意地低下了头,我的寂寞也随之消失得无影无踪了。

"不要紧,不要紧。你饿不饿?我烤了吐司。"

心里的一块大石头落了地,我感到神清气爽。

"啊?给我烤了吐司?好开心。要吃的,要吃的。"

我连忙回家,把温热的吐司盛到盘子里,带给了保岛女士。

"呀,好厚的吐司,还涂满了黄油,看起来好好吃!"

保岛女士大大地吃了一口吐司。

"嗯,好吃!加村先生,谢谢你啦。"

我决定以后每天都烤吐司。当然,也有那么几次,保岛女士实在是工作繁忙,连顺路来吃点东西的时间都抽不出来,尽管如此,她还是每天都会来看看我。

对我来说,她似乎是个与众不同的存在。小时候,可能是因为家里兄弟姐妹特别多吧,多少有点母亲被大家抢走了的感觉。我的内心深处或许一直以来都在渴望着关爱。所以,保岛女士的存在说不定正像是妈妈一样。不对,比妈妈还要温柔,简直就像在电视里看到的特蕾莎修女。

从那天开始,除了吐司,我还会做厚烤蛋卷和炒面。尤其是炒面,以前住在茨城县小贝川边时,每当附近的神社举行祭典,就会有很多小摊摆成一长溜,我和其中的炒面店的小哥关系处得挺好,还时不时会去他店里帮忙。配料有猪肉、卷心菜、胡萝卜,秘方则是啤酒和切成末的香菇,这么做出来的炒面人气很高。我对这一手十分自信,所以不只保岛女士,我还请办公室里的其他文员也品尝了这道特制炒面。

"我的天!加村先生,你居然能做出这么好吃的炒面,太了不起了。"大家吃了以后交口称赞,我很开心。

我所住的这家福利院位于群马县的山中,因此,文员和职工们都是开私家车上下班的。走路的话,哪怕是离得最近的车站都得走40分钟左右;骑车呢,这一带净是些坡度陡峭蜿蜒曲折的山路,也根本行不通。会骑自行车在福利院周边行动的人恐怕也只有我了。可一旦下起雨来,自行车反而会变成累赘。所以对于自己做饭的我来说,食料的采买就稍稍有些不便了。

回想起了刚来这里不久时发生的一件事。那时我正和董事长在福利院用地内散步,他说总是有野猪和鹿来糟蹋蓝莓和农田,令他很头疼。我在地上发现了脚印和粪便,于是不假思索地问道:"直接找到这些野猪和鹿,把它们逮来吃了不就行了吗?"

"喂喂,加村先生,那些可都是从前的事了,现在可不能随随便便逮来吃哦。你这都已经摩拳擦掌了啊,哈哈哈……"

董事长豪爽的笑声响彻四方。

别人告诉我日常的食品可以在超市买到,不过这周围好不容易有一家出售杂货和食品的小商店,已经是离福利院最近的了,骑自行车都得花 10 分钟,而我最喜欢的金枪鱼刺身只能在大超市买到,开车单程就要 20 分钟。要买的东西稍微一多,就根本不可能骑着自行车去购物。

"不好意思,我想去买点东西,能开车载我一下吗?"

我试着拜托保岛女士。

"行啊,你先等一会儿,等我下班了就带你去。"

她总是面带笑容地连声答应我的请求,不免让我心想"真的,上哪儿去找这么好的人啊"。

她的爱车也很厉害。车身是通体花哨的粉红色,里面也是粉色和茶色。她喜欢猫,所以在车里贴了好多猫的贴纸,还全都是黑猫。说老实话,她可能很喜欢飙车,因为她正用非常恐怖的速度切进山路的弯道。

喂喂，太危险了吧？！

坐在副驾驶的我由于恐惧而用力蹬直了双腿，好像被她发现了。

"哎呀，加村先生，你还会害怕的吗？明明都跟熊和野猪战斗过的，哈哈哈……"

丢脸的样子被她看到了，我有点尴尬。

去超市要买的东西有5公斤装的米、杯面和金枪鱼刺身，此外，最近零食也越买越多了。尤其是甜甜圈，还有那种装在软管里的香草味冰激凌，哪怕融化了也可以吸着吃，又方便又美味。

见我大吃特吃零食的样子，保岛女士可能是担心我的健康吧，总是"唰"的一下悄悄把我已经放进购物篮里打算买的东西取出来，放回货架。甚至每次到了收银台前还得我说"要买"，她说"不行"地交锋上几个回合，把店员小姑娘都弄得不知所措了。

买了吃的，还要买小型煤气炉用的气瓶，我得靠它生火做饭。不过最近不怎么做需要用到锅的料理了，再加上屋里也通了电，所以从二手市场买来的微波炉就变得常用了起来。会发出悦耳的"叮"的一声的微波炉可真是厉害啊，冷掉的烤鱼和炖菜放进里面一转就变得热腾腾的了。微波炉这东西，简直就是个魔法箱。

可是，每天过着被这些便利之物包围的生活，我不禁开始思考：如果用不了电会怎样呢？到了晚上，屋里的灯就开不了了；宛如魔法箱的微波炉也只会变成保险柜那样又大又蠢还白占地方的东西；被炉会和普通的被子别无二致；也没法在电视上看我最喜欢的时代剧、两小时悬疑剧、音乐节目和综艺节目了；哪怕是手机，如果没法充电的话也就只能当个玩具。

这世上，新的便利工具正不断增加。

一个问题渐渐在我脑海中浮现：这样下去真的好吗？

我试着回顾这段旅程的原点，洞窟时代那几年的生活。

我和小白在一起，在洞窟里活了下来。洞窟里是没有照明的。每天太阳升起了就要起来，太阳落山了就得睡觉。为了获取食物，我们跑遍山野。要烤自己弄来的鱼或肉的时候，得生起火，烧制出余火，调味料也只有盐和酱油，床还是用草或者稻草做的。可即使如此，我那时也很幸福，没觉得有什么不便。

哪怕是现在，我也时不时会有"干脆回山里去吧"的念头，不过这念头一瞬之间就会被打消。原因可能在于习惯了现代生活带来的满足感，以及那种偶尔能感受到的幸福吧。

我也认为文明社会真的很了不起，但我不想忘记"这样真的可以吗？这样下去真的好吗？"的思索，打算每天都把它记挂在心里。

尽管说了这种帅气的话，然而每周去买一次东西还是会令我非常快活。

为什么？因为我爱吃的零食又多了几种。我喜欢上了原味的薯片。刚来这家福利院的时候，我的腰围是74厘米，而现在已经有足足88厘米了。

"你这不是美塔波（即代谢综合征，Metabolic Syndrome的简称）了吗？！"

被保岛女士骂了。

"美塔波"又是什么？是"喜爱美味零食的大伯"的意思吗？

和保岛女士的惜别与洞穴之中

平成二十年（2008年）3月。

来到这家福利院并与文员保岛女士相遇已有三年。处处受她关照，我心里一直想要报恩，却总是没法实现。

多亏了董事长、文员和职工们，尤其是保岛女士一直在我身边，这里才成了一块能让我安心生活的宝地，也是拜他们所赐，我才得以重返社会。有工作做，还有薪水领，我感受到了至高的幸福，可是其中也有隐忧，这种幸福究竟能够持续多久呢？

在这种忧虑中，我发现最近见到保岛女士在福利院里工作的身影的机会比往日有所减少。以前她下了班后明明都会精神抖擞地来和我打招呼的……

那是我有事要找福利院院长，于是去了办公室时发生的事。我要去向院长汇报院内建筑物的修缮进程和田地的状况，正好看到保岛女士从隔壁的董事长室出来。

咦，没有以前那么精神啊，怎么看着像哭过了似的。

在我看来，她当时的状态就是如此。

"怎么了？"

察觉是我的声音，保岛女士挂上了些许笑容。

"没事哦。今天有点忙，不好意思啊，下次再聊吧。"留下这句话，她就出了办公室，急急忙忙地上了车，离开了福利院。

到了3月下旬，总算又见到保岛女士了。

"之前是怎么回事？而且最近你好像工作很忙的样子，都不怎么到我这儿来了，是发生什么了吗？"

现在的她看上去可不像那个一直以来都是活力的代名词的保岛女士，我很担心，所以问了问。

"嗯，其实呢……"

通过她的声音和表情，我预感到"应该是发生了什么很严重的事"。

"董事长和我说，一家和本院共属同一法人系统的新的生活看护机构马上就要开业了。他来找我商量，问我愿不愿意过去担任管理新员工的要职，然后我们就谈了调职去那边的问题……"

法人？系统？新机构、要职、调职，都是什么意思啊？

我听不懂她说的话，但也明白了她要去一家新机构。当时，我仿佛听见自己的心脏在怦怦地响。

"不过加村先生，我要调去的新机构也在县内，离这里大概只有一小时的车程。开得快点的话，一下子就能过来看你了。"

虽然保岛女士露出了笑容，但我意识到，她是为了不让我伤心而特意那么做的。

"你要离开公司了吗？保岛女士不在的话，我也没法在这里待下去了，我要回山里或者河边去。"

我说出了自己真实的想法。

自打我来到这家福利院起，保岛女士就是董事长之后待我最亲切、最照顾我的人，说是救命恩人也不为过。因此，我才总想在她遇到什么困难的时候出手相助。心心念念地想着，在这里住了这么久，终于有了一次机会。

那是一个冬天，下大雪的日子。这家福利院位于山中，所以哪怕车子换上了雪地胎，也会爬不上坡，碰到这种状况的话保岛女士应该很头疼吧。于是我就在她上班前开着重型设备把雪给清扫了。

那时保岛女士因我而开心的样子，我永志不忘。而且一直以来，我做的那些烤吐司、厚烤蛋卷和炒面她也吃得很高兴。

现在，我已经没法为她做任何事了，让我怎么可能再在福利院里好好地住下去。

那天晚上我待在家中，心烦意乱，睡不着觉。

到外面去吧……

第二天早上，办公室里乱成了一锅粥。好像是因为我没在工作的地方露面，大家都以为我跑到福利院外面去了。董事长、文员们和保岛女士似乎慌慌张张地把福利院内部和周边都找了个遍。我是被一个文员找到的。

我正在工地后山的一个洞穴里睡觉，那是我以前特意挖出来的"隐居处"。前一天,我在家里怎么都睡不着,于是走出家门,进了这个洞穴,接着好像不知不觉就睡着了。第二天早上我还在迷迷糊糊地睡着懒觉,所以才哪里都找不到我,引发了这场大骚动。

"喂,快起来,你这笨蛋!"

洞穴外面有个耳熟的声音大喊道。

"还不赶紧出来!你在干吗呢?!"

啊,是保岛女士的声音。

我走出洞穴,董事长和文员都在外面。保岛女士叉腿而立,一脸怒容。

"干什么啊?!"

见我噘嘴抗议,保岛女士走了过来。

"大家可都以为加村先生你又离家出走了。你知道我们有多担心吗?"

董事长和文员们松了一口气,回去工作了。但是保岛女士还在气头上,不过既然她自己都要离开福利院了,那我不也可以想去哪儿就去哪儿了吗!我想起了以前因一次巧遇而结识的一位住在附近的大公司的老板,便去见了他。然后就和他谈了谈。

"我已经没法在福利院住下去了,所以想去别的地方工作。可以的话，最好是包住的工作。"

于是，那位老板给我在群马县的一座寺庙里找了份工作。据住持说，我要负责的是寺内设施和墓地的清扫与管理，可以住在寺里。

我已经下定决心要去寺里，便去向董事长辞行。

"为什么，加村先生，在福利院住得不合意吗？"

董事长严肃地问我。

"不是的，董事长，这家福利院哪儿都好，可是说老实话，保岛女士不在了，我有点那什么，怎么说呢……"

我讲不清楚。可还是明确表达了要离开福利院到寺里去，董事长连忙叫来保岛女士，三个人谈一谈。

"我已经没问题了，该到别的地方去了。"

其实，我还是在闹别扭。因为我觉得已经没法再见到保岛女士了。

我这个人，习惯了寒冷，习惯了炎热，也能忍饥挨饿。可唯有寂寞一直缠着我不放，我也深深地尝到了它的滋味。所以，小白去世那时的寂寞，变成孤身一人的寂寞，我无论如何都不想再领受第二次了。这才是我真正的心情。

可是，我没法好好传达出来。在别人看来，我一定是个任性的男人吧。我们三个人谈了好几个小时。

"我一定会来看你的,所以你也一定要守约哦。"

留下这句话后,保岛女士离开了福利院。

4月1日,保岛女士去新的职场工作的第一天,天降大雪。我所在的福利院周边的雪积了起来,来上班的文员和职工的车虽然换上了雪地胎,但也没法爬上距福利院300米处的上坡,陷入了窘境。接着,身在其他机构的保岛女士打来了电话。

"加村先生,我收到了福利院的女文员发来的短信和照片,雪积得太厉害,大家的车不是都没法爬坡了吗,为什么不去除一下雪呢?"

听见保岛女士声音的瞬间,我高兴了起来。

"因为啊,反正保岛女士你都不来这家福利院上班了,我也没有必要去除雪了吧。"

我一边高兴,一边闹着别扭。

"别说这种话了。大家都很为难的,请去除一下雪吧,拜托了。"

电话那边,保岛女士的声音也很为难。

那时我才第一次意识到,我绝不能再令她为难了。

我也不能再说这种由着性子的话了,一定要忍住。而且她已经和我约好会来见我的。

我立刻飞奔上重型设备，投入福利院周边的除雪工作中。

那天是保岛女士调去新机构上班的第一天，尽管她十分疲惫，却还是在工作结束后来看我了。

"不好意思啊，拖到这么晚……"

我觉得，对我来说，保岛女士真的是个天使般的存在。她总是认真地听我说话，信任我。也只有她，直到最后都没有放弃我。我有生以来第一次感到，活着真好。

从今以后，我想一直温暖地守护她，也祝愿她能健健康康地努力工作！

对有电视、被炉和浴室的"加村 home"心满意足的加村先生。

第十五章　不再孤身一人

东日本大震灾之日

那天，我正像往常一样，和5名福利院住客一起在一次性筷子制造工厂干活。一边注意着安全状况，确保大家不被卷进制造机里，一边一双又一双地制作着一次性筷子，如此结束了上午的工作。午饭用枕头面包和火腿填饱了肚子，下午的工作还是要在工厂里继续制作。

下午2点45分，马上就3点了，快到休息时间了啊。

先抽根烟，然后再喝一罐罐装咖啡吧，正当我计划着这些事情的时候，突然感到身子飘浮了一下，就像是被什么东西从脚下顶了起来似的。

"噢，怎么回事？怎么回事？"

接着，地面宛如波浪翻涌一般，自顾自地上下波动起来。我岔开双腿尽力站稳，却还是没能抵挡住地面剧烈的晃动，手撑在了地上，成了四肢着地的样子。

"地震啦！好大的地震！"

工厂里响起了某个人的叫喊声，慌乱而高昂。

这是地震吗？也太大了吧，大过头了，怎么会震成这样啊？

心里瞬间泛起了不安，还有一种不祥的预感。

"呀——呀——"

"啊——救救我——"

工厂里的人有的惊恐地抱头蹲倒，有的彼此抱在一起蹲在地上，还有的陷入了恐慌，又哭又叫，到处跑来跑去。大地震造成的摇晃完全没有停歇的意思，我动弹不得。

必须把工厂里的机器关掉，在身体仍在剧烈晃动的情况下，我跟跟跄跄地努力稳住脚步向前走着，终于关掉了一次性筷子制造机。

"喂，大家，从这里出去！"

我大叫道，紧紧抓住两个人的胳膊，把他们带到了外面的广场上。

可是强烈的摇晃仍在持续着。就连停在外面的好几吨重的重型设备和液压挖掘机都在无人驾驶的情况下自己前后左右地动了起来。

卡车摇晃的样子简直就像漂浮在惊涛骇浪的海面上的船只。

"这大地震有生以来头回见到。我该不会死在这里吧?"

这是一场让我真的觉得自己会死的巨大地震。

可是,还有些人没有从工厂里出来。

"你们在这里等着。"

我向被我带到广场来的人交代了一声,又回到工厂帮忙。

抱着害怕得动弹不得的人的肩膀,把他们带到外面,我不知道重复了多少次这个行动。

一切顺利,就在确认了所有人全都安然无恙的同时,前来保障人员安全的文员和职工们也从福利院的楼里飞奔到了现场。

所有人的安全情况都已得到了确认,大家都很平安,甚至都没有人受伤。

"太好了,谁都没受伤。不过,这么大的地震到底是什么情况啊?"

回到房间后,我连忙打开了电视。

每个频道都在播放着由大地震引发的海啸的受灾影像。无论是过着洞窟生活的时期还是住在山里的时候,我都没有经历过如此巨大的地震。在东北的沿海地区,油轮般巨大的船直接就被冲到了街上,海浪向电车、车辆、房屋和人呼啸着袭来,一切都被石砾掩埋。还有房子被冲进了海里。

为什么?为什么会变成这样?

我在电视机前,动都动不了,只能眼睁睁地看着这悲惨的景象。

我什么都做不到,没法帮助任何人。

可能是因为实在太累了吧,那一天,电视就一直那么开着,而我则在不知不觉中酣然睡去。

第二天一早,电视的声音吵醒了我。

和昨天一样,所有节目都在播放着灾害的影像,只是情况比昨天更加严重。

很多人失去了自己的家人、朋友或是孩子。房子被毁,无家可归的人们在学校体育馆等地开始了避难生活。宠物狗和猫死了,从事乳畜业者失去了牛、猪等大量家畜,农户的田地被海啸冲毁，又被碎石掩埋。

从新闻中得知，东日本大震灾的地震烈度为7度，而我所在的群马县的部分地区的最大地震烈度达到了6度。我这才重新认识到那阵晃动有多么剧烈。

每次看电视，胸口都会因为一幕幕悲剧而疼痛。

几天后，我觉得自己不能再这么一味沉浸在悲伤中了。生活还得继续，我还有工作要做，不能总是在电视前黯然神伤。

我走出家门，在福利院周围巡视了一圈，看了看受灾状况。建筑物的一部分以及停车场外的石墙等处都遭到了损坏，于是我开始了修缮工作。

要尽早让这里的人能够安心地居住。

因为在我看来，这正是当前院里交给我的最为紧要的工作。

我之所以积极地投身于工作中，可能也是因为想要逃避这悲惨的现实吧。

心肌梗死

平成二十四年（2012年）2月。

那天，天空从一大早开始就是铅色的，给人一种眼看就要下雪的感觉。

真是冷得厉害啊！感觉胸口一阵阵地刺痛。

每天起床都很利落的我，那天竟嫌麻烦不想从被子里出来，或者说是懒得动吧，觉得身子有点沉重。而且胸腹那块烧得慌，直犯恶心。

想吐，可恶！怎么回事？

以前也有过肚子疼的经历，但这种感觉还是头一回。尽管如此，我早上还是一如既往地去了一次性筷子制造工厂和蓝莓农场，完成了福利院主楼的修缮和改建等工作。

干完活，已经下午5点多了，刚一回家，我便瘫倒般地钻进了被子里。想叫保岛女士，可是我们并不在同一个机构。她正在离这里一小时车程的另一家福利院里工作，所以没人会来我的房间。

糟了，好难受，怎么回事？

我冲进厕所，哇哇地吐了起来。可能是从早上开始就没有食欲，什么东西都没吃的缘故吧，吐出来的全是胃液，只能感觉到酸涩。眼泪、口水和鼻涕也一个劲地往下流。

果然，不对劲。

平时无论是肚子疼还是发烧，我多少都还能忍耐一下，但是这次，身体却一闪一闪地亮起了危险信号，我察觉到情况异常，在痛苦中拨通了保岛女士的电话。

"你好，怎么了，加村先生？"

电话里听到的还是以前那个精神饱满的声音。

"啊，那个，我从早上开始就不大舒服，刚刚还吐了。我搞不好要死了。"

我感到额头上慢慢渗出了奇怪的汗珠。

从以前开始，我就经常说自己肚子疼什么的，说不定在保岛女士看来，我就是个满嘴胡说八道的"狼来了"大叔，所以她似乎并没有多么慌乱。

"现在已经傍晚了，没法带你去医院啊，明天吧，明天我送你去。"

说完，电话就挂断了。当晚，胸腹部的疼痛还在继续，疼得我睡不着觉。

到了第二天早上，身体的异状依然没有见好。不，反而更疼了。

保岛女士打来电话询问我的情况。

"后来怎么样了？好点了没？"

"没，什么变化都没，现在胸口和肚子这块还疼着呢。"

我一边用手揉搓着疼痛的部位，一边把额头上出了一层怪汗的事情也告诉了她。

"我正要去上班，那这样，我先去一趟公司，中午过来接你，然后一起去看医生。"

保岛女士的声音仿佛来自一个很远的地方。

后来才听她说，那时她确实是先去了一趟公司，但她强烈地预感到，如果不来我这里的话就大事不妙了！于是立刻直奔我这家福利院而来。这简直就是所谓的第六感，事后我和保岛女士对此都很惊讶。

保岛女士本可以联络我所在福利院的文员，没必要请假亲自过来，然而我曾经做过不少次恶劣的恶作剧，基本扼杀了这种可能。那时我也是开玩笑说自己肚子疼、快死了，极尽夸张之能事，保岛女士吓得不轻，便拜托福利院的文员来看看我的情况。但当时我正在悠然地看着电视，被抓了个现行之后，我被文员和保岛女士骂了一通。

因为有过这样的过往，所以这次保岛女士大概也是觉得如果再给文员添乱就不好了，才没有联络。

她的第六感，灵验了。

我已经没法出屋了，只能像条青虫一样抱着肚子蹲坐在被子上。

保岛女士冲进房间时的情景，我还隐约记得一些。

"加村先生，你脸色好苍白啊！难受吗？要不要叫救护车？"

"嗯。"

没法做出更多回答了。

保岛女士跑向福利院值班室，叫来了救护车。我好像听见哔啵哔啵的警笛声越来越近。两名戴着白盔白口罩的急救队员朝我跑了过来。不知道他们问了我什么问题，现在也记不清了。

离开屋子，救护车正在外面待命。警车我倒是坐过好几次，救护车还是头一回。我进入车里，仰面躺在床上，保岛女士和救急队员从上方俯视着我。

他们好像跟我说了什么话，但我脑子一片空白，听也听不进去。

救护车从山中出发，驶向一家小医院，开了20分钟左右，我在那家医院接受了检查。

"有可能是心肌梗死，还是去心血管中心接受治疗比较好。"

诊断结果好像是这么说的。一位美丽的护士负责陪护我，再加上保岛女士和急救队员，我们又一起坐上了刚才那辆救护车，前往群马县县立心血管中心。

救护车开了好一阵子。车里,我的脑海依然一片空白。到达医院后,我的床(担架床)被推向了手术室。

"加村先生,没事的。"

我依稀听见保岛女士在跟我说话。简直就像是电视剧中的场景。

我在手术室里的时候,保岛女士在外面可遭了大罪了,这是我后来才听她本人说的。

"那时候,他们误以为我是你妻子呢。因为是心肌梗死,不做手术的话会很危险,所以他们想找你的亲属签手术许可。"

她笑着,继续说道。

"医生得知我不是你妻子后,就跟我说'情况紧急,只能让患者本人签字了',然后就找手术室里的加村先生你要签字去了,还记得吗?"

隐约记得护士确实对我说了"请签一下手术承诺书",然后我握住了钢笔。现在想想,真是幸亏我以前练习过写字,万幸万幸。住在茨城县小贝川边的时候,我跟一位曾经是社长的流浪汉老师学习过读写。我深切地体会到,那时的学习在如今挽救了我的性命。

幸好那时候努力学习过,流浪汉老师,真的谢谢您啊!

您现在还好吗？

心肌梗死的手术顺利结束了，我的命被医生救了回来。医生可真是厉害啊！

之后，我便开始了住院生活。我总是戴着棒球帽，一旦头部被他人看见，我就会很难为情。因为我的头发实在是有点稀疏。所以手术后，哪怕是躺在医院病床上，我都会戴着我心仪的棒球帽，好把头部遮住。

"哎呀，加村先生，患者是不能戴帽子的哟。这是医院的规矩，请摘下来。"

年轻可爱的护士如此提醒我，我却顽固地拒绝了。

"才不摘。"

"不行，不遵守医院的规矩的话，我会很为难的。"

哪怕护士再可爱再漂亮也没用，不摘就是不摘。于是，她给我拿来了那种用来防止头发弄湿的塑料头套。

"用这个总行了吧？"

这位温柔的护士的面庞，在我眼中宛若天使。

"嗯，这个行。"

从那时起，我就戴着塑料头套，过着自己的住院生活。

现在想想，我躺在病床上，头上戴着个像是女性在美容院烫发时会戴的头套，其实挺引人注目的。在医院的走廊和康复室里也一样，周围的人总是目不转睛地盯着我的头看，心里肯定在嘀咕"这家伙何许人也"吧。尽管如此，这顶头套还是帮了我大忙。

术后不久，我就听说了"康复训练"这个词。据护士介绍，卧床不起的状态持续数日后，全身上下的肌肉都会变得衰弱，而所谓的康复训练就是为了使这些肌肉重新焕发活力而进行的训练。

康复训练第一天，护士来五楼的病房接我。我和她一道进了电梯。好久没坐电梯了，在拘留所的时候坐过，干建筑工作上高楼时坐过，之后恐怕就再也没坐过了吧。因为害怕，我不由自主地闭上了眼。转瞬之间，电梯就到达了地下，门开了。我们要去的是一个叫作康复中心的地方。

"你好，加村先生，你的康复训练由我来负责。我们一起加油吧！"

医生是个看上去只有20来岁的年轻男子，肌肉却十分发达，体格活像只大猩猩。他的头衔是物理治疗师，据说是个对身体了如指掌的职业。步行训练开始后，哪怕我走得并不顺畅，他也用温柔的话语鼓励我，有时还视情况夸我几句。人啊，贬损他人是很容易的，赞美他人却很难。医生夸得我心情大好，因此我觉得他一定是个擅长赞美的人。会赞美他人的人可真了不起啊！我被夸得很开心，于是也燃起了努力复健的干劲。使用了各式各样的训练器具后，大约 30 分钟的步行训练与拉伸就结束了。

"医生，谢谢你。"

我也坦率地表达了自己的谢意。

然而在那之后，等待着我的是地狱般的特训。

回到病房后，我向过来探望我的保岛女士发起了牢骚。

"今天才是开始康复训练的第一天啊，太累了，哪能这么累人的。"

"这才刚刚做完心脏手术，就让你进行这么激烈的康复训练吗？都做什么了？我得找他们理论理论。"

保岛女士担心着我，有点发火了。

"训练完后护士对我说，'加村先生，你自己回病房去吧'。可我从来没有一个人坐过电梯，哪知道该怎么坐啊！"我认真地说着，"所以我就爬楼梯，从地下上到了五楼。心脏跳得那个快啊，感觉就要炸了似的。"

听了我的话，保岛女士震惊地张大了嘴。

"哈哈哈……什么跟什么啊！"

保岛女士的嘴依然咧得大大的，不过这次是在笑。

"笑什么？"

我噘起了嘴。

"因为啊，本来是为了让身体恢复健康才做康复训练的，你这反而搞得自己更不健康了嘛。这是在闹哪门子笑话啊？！来，跟我过来。"

保岛女士带我去的地方，是护士站前的电梯。

"喂，这是……"

我退缩了几次，但还是和她一起进了电梯。

"这样，按这个钮，就能到达想去的楼层了。明白了吗？试试看吧。"

照她说的，我试着按下了按钮。其实很简单。我坐着电梯在地下和自己病房的楼层间来来回回了好几次，搞得护士站的护士们都有些纳闷了。

但还是得说，保岛女士的压迫感，恐怕比康复中心那位猩猩般的物理治疗师都要强。

果然，保岛女士真是个靠得住的人啊！

从今以后

今年（指2015年）8月，我69岁了。13岁时开始洞窟生活，辗转群山之间，也在河边住过。如今，我回到了生我养我的故乡群马，还在一家残障人士支援机构内拥有了属于自己的房子。我打理着蓝莓农场，协助山林的采伐以及一次性筷子制造工厂的工作，领着这些工作的薪水，从而得以安身立命。更重要的是，我还加入了社会保险，哪怕生了病，也无须承担巨额费用，可以无忧无虑地生活下去。自离家以来，已经过去了半个多世纪，我也已经是个老头子喽。

尽管如此，我依然还有想做的事，或者说，还有想去试着完成的梦想。

第一个梦想，我想把自己的生存技术教给孩子们，能多教一个孩子是一个，我希望他们能够无拘无束地生活。哪怕只住一晚也行，我想和孩子们一起进山，教给他们小刀和斧子的用法。教他们要先打造一个确保有屋顶和床的住处。教他们如何把独角仙幼虫制作成食物，怎么利用河流和泉水，就算没有水也不用担心，可以从树木中取水。进入深山，能找到白桦树，它的树干可是饱含水分的，只要用刀尖开个洞，在底下放个竹筒接着就行，水会自己流出来。教他们生火的时候要把弓弦般的绳子绑在棒子上，然后快速拉动。通过棒子的尖端与松脂发生的摩擦，火就点着了。

不过，就算孩子们想体验生存技术，现在的家长恐怕也会说些什么"刀子太危险了"之类的话吧。如果家长对生存技术一无所知，没准还是先带着家长去体验一下野外生存比较好。

第二个梦想，是想骑着帅气的自行车周游日本一圈。

尽管保岛女士调侃说："要不然试着先周游群马县一圈吧？"但在我心中，我还是个20岁的小伙子呢。三年前我患上了心肌梗死，从那以后，只要一进行剧烈运动，心口就会有点难受，可我并不在意。我也得过十二指肠溃疡，不过之前我接受了一年一次的体检，从体检结果看，幽门螺杆菌好像已经没了。所以现在，如果说我的身体还有哪些毛病，应该就只剩头脑不太灵光了吧。

不过呢，精神方面可就是另一回事了。时至今日，我依然留有20来岁住在山里时，对野猪和鹿紧追不舍的那股子心气。如果没了这份拼命求生的魄力，我一定会变成个没出息的糟老头子。那可是最最丢人的事了。

我正在物色新自行车，以前那辆被我用作在茨城县小贝川和福利院周围的移动手段的自行车是一辆山地车，测速仪、里程表、后架一应俱全，但就是跑起来的速度差点意思。

所以我想骑的新车，是那种能起得了速、轮胎很窄的公路车。如果把自行车比作汽车的话，那公路车就是跑车了吧。

我没有驾照，没法开车，不过骑着自行车翻山越岭还是不在话下的。为此，我现在把工资的零头都存了起来。

想骑着那种帅气的自行车，载着帐篷，环绕日本一圈。不用在意时间，悠闲地感受风的吹拂，沿着海岸线什么的一直骑，时不时去山里转转。如果累了，就当场找个地方睡下。

最后一个梦想，是想挑战一下洞窟探险。小时候，我曾和小白一起在足尾铜山的洞窟里生活过，但我听说，日本似乎还有数不尽的洞窟，甚至还可能存在着没有被任何人发现过的洞窟。我有心去那样的洞窟里探险，不过已经不需要像小白一样的搭档了。我不想再次感受与小白分别时的那种悲伤，所以，就算要去洞窟探险，我一个人也足够了。

此前，我总想着，如果有一天我觉得自己快死了，就要回足尾铜山去。可以的话，最好是到小白长眠的那片绽放着鲜红色兰花的地方。

试着回顾自己的人生，最鲜活的回忆就是离家出走后，和小白在一起住在足尾铜山的那段洞窟生活。和小白一同追赶野猪、鹿和兔子，仿佛还是不久前刚刚发生的事。

小白真勇敢啊！我之所以能变得坚强起来，果然还是拜小白所赐。

我啊，一辈子都忘不了小白。小白也一定在守护着我。

不过呢，小白，对不住啊，我还没法很快去你那里和你相见。

你问为什么？

福利院的藤泽敏孝董事长、他的夫人美佐子事务局长、院长本桥咏子女士、文员们、职工们，还有保岛典子女士……现在，我正感受着形形色色的人们心中的温暖，在他们的关照下生活着。

对于迄今为止一直独力求存的我而言，如今的生活是有他人支撑的，是受他人帮助的。我不再像从前那样孤身一人了。

11年前，如果没有来到这家福利院的话，我一定会回到山里或河边生活的吧。那样的话，我将永远体会不到感谢，体会不到爱，一辈子孤身一人地生活下去。所以啊，小白，我还想多享受享受现在的幸福生活。为了这个目标，为了他人，也为了我自己的幸福，我打算竭尽全力做好我的工作。而且，那些蓝莓也离不开我的照顾啊。

我会试着努力活下去的。

所以啊，小白，和你的相会，恐怕还得推迟一段时间了，对不起啦！

2015年5月，造访了阔别已久的足尾铜山的洞窟的加村先生。他沉浸在对与小白共同度过的生活的怀念中，抬头眺望着天空。

图书在版编目（CIP）数据

告别人类去独居：日本传奇流浪汉 43 年荒野游荡记 /（日）加村一马著；火花译 . -- 北京：中国友谊出版公司，2022.2
 ISBN 978-7-5057-5232-0

Ⅰ . ①告… Ⅱ . ①加… ②火… Ⅲ . ①回忆录—日本—现代 Ⅳ . ① I313.55

中国版本图书馆 CIP 数据核字（2021）第 109944 号

著作权合同登记号　图字：01-2021-6682

DOKUTSU OJISAN
by Kazuma KAMURA
©2015 Kazuma KAMURA
All rights reserved.
Original Japanese edition published by SHOGAKUKAN.
Chinese (in simplified characters) translation rights in China (excluding Hong Kong, Macao and Taiwan) arranged with SHOGAKUKAN through Shanghai Viz Communication Inc.

书名	告别人类去独居：日本传奇流浪汉 43 年荒野游荡记
作者	［日］加村一马
译者	火花
内容统筹	袯川学
出版	中国友谊出版公司
发行	中国友谊出版公司
经销	新华书店
印刷	北京联兴盛业印刷股份有限公司
规格	880×1230 毫米　32 开 8.5 印张　110 千字
版次	2022 年 2 月第 1 版
印次	2022 年 2 月第 1 次印刷
书号	ISBN 978-7-5057-5232-0
定价	45.00 元
地址	北京市朝阳区西坝河南里 17 号楼
邮编	100028
电话	（010）64678009

如发现图书质量问题，可联系调换。质量投诉电话：010-82069336

文治

磨铁图书旗下子品牌

更好的阅读

出 品 人　沈浩波
特约监制　潘　良　于　北
产品经理　单元皓　刘　烁
特约编辑　刘　烁
版权支持　冷　婷　郎彤童
装帧设计　瓜田李下Design

关注我们

官方微博：@文治图书
官方豆瓣：文治图书
联系我们：wenzhibooks@xiron.net.cn